致青春 094

錯撩

（上）

翹搖　著

高寶書版集團

目錄
CONTENTS

第一章　雨夜　005
第二章　立志成為小舅媽　027
第三章　訓馬　053
第四章　這是我的傳家寶　079
第五章　你想見我　103
第六章　不會打字的文盲　127
第七章　我的心　149
第八章　演技　173
第九章　愛心小蛋糕　209
第十章　時家小宴望穿眼　249
第十一章　一碗鮮蝦麵　275
第十二章　捨不得　299

第一章　雨夜

江城，深秋，下午五點半。

太陽不知什麼時候被雲層遮住了，陽光被困在渾厚的雲裡，掙扎著透出幾絲殘光。

似睡未睡的鄭書意趴在桌子上，額頭的冷汗一陣陣地往外滲。

清脆的手機響鈴聲在機械而密集的鍵盤聲裡格外醒神，把鄭書意的意識從一片混沌中拉出來。

『您好，請問妳是《財經週刊》的鄭書意鄭記者嗎？』

鄭書意接起電話，強撐著精神說話：「是我，請問您是？」

『我是銘豫銀行總裁辦公室的助理陳盛，一個月前，貴刊和時宴時總預約了一個採訪，原定日期是明天，您還記得嗎？』

鄭書意瞬間清醒，並且下意識直起了背。

這件事她當然記得。

時宴這個名字，這一段時間她聽了太多次。

自歐洲學成歸來，即接手銘豫集團旗下私人商業銀行銘豫銀行，便蜚聲業內。

這在當時的業內人士看來並不是什麼好事，畢竟這個銀行的經營狀態已經岌岌可危，甚至有金融評論家一改嚴肅措辭，認為這是時文光拿半廢不廢的子公司給兒子玩票。

然而時宴入主銘豫銀行後，銳力解決該行過分依賴存貸業務、風險凸顯等問題，劍指風險管理與控制機制，雷厲風行扭轉乾坤。

時年二十七歲的時宴引起了整個金融界的關注，各種榮譽紛至遝來，採訪邀約自然也打爆了銘豫銀行總裁辦公室熱線。

雖聲名鵲起，但關於他的採訪報導卻少得可憐。

即便是最主流的媒體，也很難拿到採訪機會，若能得到其隻言片語，都足以刊登到最搶眼的版面。

而這一次，鄭書意聽說是雜誌社的總編幫了時宴一個小忙才預約到的採訪。

當主編把這個任務交給鄭書意時，整個雜誌社無不豔羨。

「時宴」這個名字能在媒體吸引多少眼球，也就代表採訪他的記者能獲得多少關注。

可是現在這個電話，讓鄭書意的心懸了起來，小心翼翼地問：「請問是有變動嗎？」

『是這樣。』陳盛說，『原定明早九點的採訪，但由於時總個人工作原因，明天的時間空不出來。』

鄭書意：「那之後……」

『之後幾天或許也擠不出時間。』陳盛道，『所以如果您這邊方便的話，採訪時間推遲到一週後能接受嗎？』

不能。

刊登採訪稿講究時效性，這一來一回的錯期耽誤，黃花菜都涼了。

鄭書意急切道：「一週後真的不行，您看看能不能擠出點時間？電話採訪也可以的！」

陳盛：『這個恐怕真的不行，具體的工作我不能跟妳透露，但確實最快也要一週後才能空出時間。』

「那今晚呢！」鄭書意問，「今晚有空嗎？就三個小時，要不然兩個小時也行的。」

不等陳盛回答，鄭書意咬了咬牙，又說：「一個小時也行！您幫幫忙行嗎？」

陳盛沉默片刻後，放低聲音，說道：『今晚時總有一個比較重要的宴會，或許，我只是說或許，中途可能抽出時間，您看……』

「我等！」鄭書意二話不說答應下來，「您給我地址，我可以過去等。」

掛電話前，陳盛再次強調：『鄭小姐，我可以幫您安排一個地方，但是我不能確保時總會有時間，您可能會白跑一趟。』

聽筒裡只剩機械的「嘟嘟」聲，在耳邊徘徊許久後，鄭書意「咚」一下趴回桌上，腦子裡的緊張感慢慢消散，隨之而來的卻是心空一般的悵惘。

能採訪時宴，原本是該開心的。

但是生理期的心理敏感度被這一刻的失落烘托到極致，鄭書意的情緒絕對說不上好，甚至有些心酸。

今天是她男朋友岳星洲的生日。

是他們在一起後，第一次過生日。

岳星洲還專門預訂了餐廳，買了電影票，等她下班一同慶祝。

現在她不僅不能陪男朋友過生日，還要拖著病懨懨的身體去工作，甚至還可能白跑一趟。

鄭書意把自己的臉翻了一側，閉著眼深呼吸幾口後立刻關了電腦開始收拾東西。

孔楠本來在埋頭寫稿，聽到對面桌的動靜，抬頭問：「怎麼了？」

鄭書意撐著桌子站了一下，等小腹那一股絞痛過去了，才說：「採訪提前了，我今晚就要去。」

「啊？」孔楠這才注意到鄭書意的臉色。

雖然她的皮膚本就白淨，但這時沒有一絲血絲，幾近透明，病態明明白白寫在臉上，完全沒了平時那股鮮活的靈動感。

「妳這樣行不行啊？」

「不行也得行吶，不然我能怎麼辦嘛。」

鄭書意走到印表機旁，抱著一疊文件，垂頭喪氣盯著地面發了一下呆。

印表機無聲地運轉，紙張井井有條地堆積在面前。

不知是誰的手機鈴聲響了，鄭書意突然抬起頭，眨了眨眼睛，也掏出自己的手機。

她應該打電話跟岳星洲說一聲的，只是剛翻出通訊錄，對方就像有心電感應一般打電話過來。

『寶貝，什麼時候下班？我去接妳？』

鄭書意靠著印表機，手指在版面上畫圈：「不好意思啊，我臨時要去採訪，可能要兩個小時左右，應該不能和你吃飯了。」

她想了想，又說：「我今天身體不舒服，可能晚上也沒辦法去看電影了。」

岳星洲聞言嘆了口氣，說道：『那好吧，我找個朋友勉強一起過吧。』

「嗯，對不起哦。」鄭書意抿了抿唇，聲音越發細小，「下次補上給你好不好？」

孔楠等鄭書意掛了電話，轉著筆，另一手撐著下巴，笑眯眯地說：「放了妳男朋友鴿子？」

「不然呢？」鄭書意反問，「不放男朋友鴿子，難道放時宴鴿子嗎？」

「唉，可憐啊，妳的親親男朋友就這麼被一個素未蒙面的男人搶走了跟妳一起過生日的機會。」

「說的好像我是去陪時宴過生日似的。」鄭書意拿起資料走到一旁裝訂，「我自己都無語，連時宴長什麼樣子都不知道，卻要為了他放我男朋友鴿子。」

孔楠覺得有些不可思議：「不過話說回來，妳男朋友都沒意見嗎？」

「這種事情能有什麼意見？」鄭書意想了想，說，「他什麼都沒說，表示理解的。」

「嘖，妳的男朋友過分通情達理了啊。」孔楠一邊關電腦，一邊說，「不像我男朋友，黏人死了，我要是放他鴿子，不管什麼原因，他肯定要跟我生氣。」

恍惚間，鄭書意有片刻的失神。

「唠嚓」一聲，手指傳來刺痛，她反射性地抽開手，才避免被釘書機刺破皮。

但指尖的尖銳痛感久久沒有消散，漸漸蔓延到心裡。

鄭書意一手拿著資料，一手拿著手機，在印表機前恍了一下神。

「我下班啦。」孔楠拿著包起身，遞過來一盒藥，「我看妳的止痛藥都吃完了，拿著我這個，提前吃一點，別採訪的時候痛暈過去。」

說完，她又湊近，低聲說：「妳要是搞砸了，樹上的酸梅可要開心死了。」

鄭書意此時無心回應孔楠的提醒，她滿腦子都是「通情達理」四個字。

岳星洲，是不是過分「通情達理」了？

而且，她剛剛說自己身體不舒服，岳星洲都沒有問一下她哪裡不舒服。

某種念頭一旦生出來，就會難以遏止地在心裡發芽。

鄭書意有些恍惚地坐到座位，拿著手機遲疑片刻後，傳訊息給岳星洲。

鄭書意：『你有沒有不開心？』

岳星洲：『？』

岳星洲：『沒有啊，理解理解，工作重要嘛，以後還有很多個生日一起過。』

岳星洲：『對了，妳說妳身體不舒服，怎麼了？病了嗎？』

鄭書意呼了一口氣。

看來是生理期容易敏感，想太多了。

鄭書意：『沒什麼，就是生理期不舒服TAT。』

岳星洲：『心疼寶寶。』

岳星洲：『那妳在哪裡採訪？結束之後我去接妳。』

陳盛給的地址，是遠在西郊的華納莊園。

正值下班高峰期，路上塞車，鄭書意忍著腹痛，一路上轉了地鐵、公車，又搭計程車，花了一個小時才到目的地。

說心裡不煩躁是假的，一路上，她不知道默默罵了時宴多少次。

偏偏陳盛幫她安排的地方，是宴會廳樓上的休息區。這裡寬敞，華麗，卻空無一人，足以把一個陌生人的寂寞放大百倍。

鄭書意坐在沙發上，雙腿隨著壁鐘滴滴答答的聲音晃蕩，一遍又一遍地打量著四周試圖讓自己不要睡著。

然而等待的時間實在太漫長了，她幾次像小雞啄米一樣垂著腦袋差點睡過去，直到有推門的動靜響起，鄭書意一個激靈坐直了，抬起頭看向大門。

直射燈光下，一個男人驅步進來，隨著光線越來越明亮。

鄭書意看清來人，一下子又洩了氣。

來的不是時宴，而是他的姐夫秦孝明，如今的銘豫集團二把手。

這個人曾經接受過鄭書意幾次採訪，所以兩人算得上認識。

秦孝明進來的第一眼也瞥見了鄭書意。

起初她倏地挺直了背，那雙亮晶晶的眼睛在暗處也能看出極為興奮。

可是在和他對視目光的那一瞬間卻又暗淡下來，連帶著整個人都有些頹然。

「秦總，您也在這邊？」

秦孝明頓了一下，把手機拿到一旁捂著，「嗯，妳怎麼在這？有採訪？」

鄭書意如實回答：「嗯，來等時總。」

秦孝明上下打量她幾眼，又多看了幾秒她蒼白的臉色，沒多說什麼，只是嘀咕了句「讓人等到這麼晚」就走了。

窗外不知道什麼時候開始落起了雨，淅淅瀝瀝地打著樹葉，發出淒冷的「沙沙」聲。偏偏樓下偶爾會傳來宴會裡的動靜，雖然細碎，卻也能料想其熱鬧。這麼一對比，鄭書意覺得自己更慘了。

兩個小時後。

就在鄭書意實在熬不住睏意，眼皮上下打架時，手機鈴聲終於響了。清脆的鈴聲在這空蕩蕩的房子裡生出一股不祥的預感。

陳盛：『鄭小姐，不好意思，這邊宴會已經結束了，時總接下來還有其他事情，所以……』

果然。

鄭書意沉默了好幾秒，才開口道：「我知道了，謝謝。」

這個採訪還是來不及了。

鄭書意站起來的那一刹那，腦子裡暈乎乎的，扶著沙發緩了好一陣子才蹬著高跟鞋進了電梯。

等她到華納莊園大門外時，不出意料地，這雨已經把門封了。

秋葉寒風夾著雨絲，刀子似的往鄭書意腿上刮。

她沒想過今天會在室外待很久，穿的是日常的ＯＬ套裝裙，看起來嚴肅正經，但薄薄的一層透明絲襪只是作個禮儀，根本抵擋不住。

大衣下的雙腿裸露在外，裙子堪堪遮住膝蓋，沒站多久便幾近失去知覺。

漸漸有人出來了，鄭書意退到一邊，扭頭看的時候，發現不少人都是她採訪過的。

看樣子，這是一個金融界的酒會。

鄭書意下意識想再看看有沒有可能遇到時宴，但驚覺，她並不知道他的長相。

時宴這個人作風甚是低調，極少出現在公眾面前，鄭書意準備資料時上網搜過，只見到一些大全景裡有他並不清晰的身影，但卻沒有正式的照片。

沒多久，一個和鄭書意曾經有過兩面之緣的網際網路金融公司的女ＣＦＯ（財務長），見她可憐兮兮地站在這裡等車，提出要送她回家，鄭書意拒絕了。

剛剛岳星洲說要來接她。

現在十一點整，距離他的生日過去還有一個小時。

她想，不管怎樣，還是要親口對他說一句「生日快樂」。

一樓泊車廊寬敞乾淨，來賓的車陸陸續續開走，留下影影綽綽的尾燈。

不多時，宴會廳裡的人所剩無幾。

「鄭記者？」一個男人上前。

鄭書意回頭看了一眼，是一個只見過一次的資本公司高管，但平時老是傳訊息找她聊天。

男人笑著上前，靠得極近，一開口就是一嘴酒氣：「一個人嗎？我送妳回家吧。」

這人平時出現在社交場合都是人模人樣的，這時倒是連寒暄都沒有，心思昭然若揭。

鄭書意：「謝謝，不用了。」

男人靠近了點，拉住她的手臂，「走吧，雨這麼大也不好叫車。」

鄭書意皺眉，扒開他的手，「真的不用了，謝謝，我男朋友等一下就來了。」

聽見「男朋友」三個字，男人打量著鄭書意，和她對視時，知道她這番話不是假意推脫，便二話不說掉頭就走。

接下來，又一個年輕男人對她發出了同樣的邀請。

這也是認識的，但鄭書意知道他就是個玩票的富二代。

同樣用強調「男朋友」打發掉那個人後，鄭書意往牆邊站了站。

本來今天被時宴放鴿子，她心裡就不舒服，接連遇到這樣的事情，胸腔裡更是有一股無名火在竄。

她站在寒風中的場景正好落在走出宴會廳的秦孝明眼裡。

秦孝明動了惻隱之心，側身對時宴說：「這不是鄭書意嗎？女孩子大晚上挺可憐的空等你一場，這邊人多，我也不方便，你找個機會幫忙送一程吧。」

時宴撩眼看過去，女人的羊絨圍巾纏了幾圈，裹到下巴，襯得上面那張臉只有巴掌大。明晃晃的冷光燈下，她的臉色微微有些蒼白，鼻尖也凍得紅彤彤，但依然難掩眉眼的秀氣精緻，杏眼紅唇，明豔嬌俏，像精雕細琢的瓷娃娃，站在那裡，帶了點惹人憐的味道。

等鄭書意從手機裡抬頭時，一輛黑色賓利緩緩停在她面前。

同時，身後響起一陣腳步聲。

鄭書意回頭，和迎面走來的男人有一瞬間的目光相接。

男人眼神稍作停留，頭頂的水晶吊燈在金絲鏡框上投射出冰冷的光，在他頰邊輕微晃動。

「鄭記者？」他停下腳步，西裝勾勒出的臂彎的弧度顯出幾分疏離，「我送妳一程？」

這個男人鄭書意沒見過，但她卻在想，現在的富二代們怎麼一個個都這麼隨便了。

「不用了，謝謝。」

鏡片後的那雙眼綴著明晃晃的燈光，眼尾往上一挑，明明該是輕佻的眼神，卻透出一股難以忽視的壓迫感。

於是，刺骨寒風下，鄭書意迎著他的目光，補充道：「我男朋友馬上就來接我了。」

一字一句，加重了「男朋友」三個字，潛臺詞的意思是：我是有男朋友的人。

「……」

時宴的嘴角幾不可查地勾出一抹冰冷的弧度，單手插入口袋，邁步離開。

泊車員拉開車門，他躬身上車，賓利飛馳而去。

汽車的尾燈在雨幕裡氤氳成模糊的光圈，逐漸消失不見。

雨停了，宴會廳的人也走光了。

泊車員和門童檢查著四周的設施，清潔人員拿著拖把在地上畫出一道道水跡，一陣陣冷風吹過來，捲起幾片枯葉飄到鄭書意腳邊。

她再次緊了緊圍巾，在這淒涼的夜裡，一時竟不知道該生那個素未謀面的時宴的氣還是生岳星洲的氣。

終於，當掛鐘敲響十二點的鐘聲時，一輛熟悉的車緩緩開了過來，停在門口，隨後岳星洲冒著雨下了車。

不等他說話，鄭書意就冒雨跑過去，撲到他懷裡，抱著他的手臂撒嬌。

「我都快凍死了！」

岳星洲哄著她坐上車，繫上安全帶後側身去揉她的頭髮，「對不起啊，雨太大了沒看清路，走錯了路口，繞了好大一圈才轉過來。」

聽到岳星洲溫柔的聲音，鄭書意那點委屈很快消失殆盡，反而是對他的愧疚鋪天蓋地湧了上來，柔聲道：「我只是隨口說說，你今天過得怎麼樣？開心嗎？」

岳星洲手握著方向盤，長長地嘆了一聲，「女朋友都不陪我，我怎麼開心啊？」

「對不起哦。」鄭書意扭著上半身，笑吟吟地看著他，「今天誰陪你過的生日啊？」

不等他回答，鄭書意就搶著問：「許峰嗎？」

岳星洲張著嘴，先笑，後點頭：「嗯，妳怎麼知道？」

許峰是岳星洲的大學室友，兩人畢業了之後也一直有聯絡，關係很好。

「他真是越來越騷了啊。」鄭書意說。

「嗯？」岳星洲側頭看了她一眼，「為什麼這麼說？」

「以前覺得他是個鋼鐵直男，沒想到現在也會用香水了。」鄭書意突然湊近岳星洲脖子邊用力聞了幾口，「淡淡的很特別的味道，品味不錯，下次幫我問問是什麼香水，我覺得我用應該也挺合適。」

「好。」岳星洲淡淡地點頭，岔開話題，「今天採訪怎麼樣？」

到了自己男朋友面前，鄭書意也不想再端著了，沒好氣地說：「什麼人啊真是的，原本約好的採訪說鴿就鴿，今晚我特地來等著，結果人家還是面都沒露。」

「別生氣。」岳星洲空出一隻手，又揉鄭書意的頭髮，「資本家都是沒人性的，別跟他們一般見識。」

「喂。」鄭書意捂著自己頭髮，有點不開心，「你今天怎麼老是揉我頭髮？煩死了。」

回到家裡，鄭書意連洗澡的力氣都沒有，也不急著卸妝，蹬掉高跟鞋就癱進沙發，雙眼再也撐不住，意識很快流逝。

然而在即將睡著那一刻，她突然想起還沒確認岳星洲是否平安到家了，於是立刻一個鯉魚打挺下了床。

外套跟包裡都沒有找到手機，鄭書意又摸了單肩包，依然沒掏到，最後乾脆把包裡所有東西倒出來，依然沒有看見手機。

鄭書意坐在沙發上回想今晚發生的事，根據她的行動軌跡，手機不可能是被偷了。那麼，不是忘在華納莊園，就是忘在岳星洲的車上了。

手機在現代人的生活中占據舉足輕重的地位，不找到根本沒辦法放心，於是鄭書意立刻翻出 iPad 定位手機。

幾分鐘後，她看見地圖上的紅點越來越清晰，卻越來越迷惑。

她的手機，這個時候居然出現在江城第一醫院。

真的被偷了？

不可能啊，她明明是拿著手機坐進岳星洲的車的，期間哪裡都沒去過。

現在唯一的解釋就是，她把手機忘在岳星洲的車上，然後岳星洲這時去了醫院。

可是岳星洲為什麼會在這個時候去醫院？他突發疾病？還是出車禍了？

鄭書意不敢細想，立刻起身，換了一件褲子就出門。

她沒有手機不能網路叫車，在冷風中足足站了二十多分鐘才等到一輛計程車。

黑雲壓城，風雨大作，馬路上一輛輛車疾馳而過，飛濺起路邊積水。

不知是不是因為生理期過於敏感，鄭書意面容平靜，說不清道不明的情緒卻如海邊闊浪一般，忽而猛烈湧上心頭，忽而悄然退卻。

整個世界彷彿在暴雨中飄搖。

深夜的市醫院依然燈火通明，消毒水味夾著冰冷的風雨瀰漫在空氣裡。

鄭書意打開車門，雨水直朝著她的臉拍來，無處可躲。

她撐著傘，隨意地擦了擦臉，四處張望著，一眼便看見了岳星洲的車。

可是岳星洲不在車裡，鄭書意也不知道沒有手機的自己要怎麼在這麼大的醫院找到他。

雨勢已經大到傘遮不住了，鄭書意小腹的不適感越來越重，背上冒著虛汗，腳步虛浮，一步一步往門診大樓走去，褲管漸漸濕透，行動變得越來越艱難。

突然，她踩到一個水坑，整個人趔趄了一下，朝一旁倒去。

幸好旁邊停著一輛車，她整個人摔上去雖然有點疼，但是不至於倒在全是水的地上。

鄭書意慢慢站了起來，低頭一看車子標誌，立刻敏捷地彈開了。

這是一輛車牌連號的勞斯萊斯，惹不起，不知道的還以為她故意的呢。

揉了揉手腕，鄭書意撐著搖搖欲墜的傘繼續往前走。

然而當她距離門診大樓只有不到十公尺時，腳步突然定住。

隔著雨幕，前方門診燈下站著一個男人。

他的輪廓模糊不清，可他的身形是熟悉的，他的衣服是熟悉的，連他垂著頭的角度都是熟悉的。

鄭書意深吸一口氣，目光穿過雨簾，凝視著岳星洲。

而渾然不知的岳星洲此時卻摟著一個女人，細緻地為她披上他的外套

腦子裡的想法瘋狂發芽野蠻生長成型，事實面前只隔著一層膜了，但鄭書意還在試圖安慰自己。

應該只是朋友，岳星洲的性格本來就好，晚上來醫院看朋友很正常，況且他們也沒有什麼親密的接觸。

可是下一秒，那個女人便抱住了岳星洲。

岳星洲抬手揉了揉她的頭髮，嘴角還有無奈的笑容。

一瞬間，鄭書意感覺冰錐似的雨滴都扎進了她的血肉裡，冷得徹骨。

抱了一陣子後，那個女人抬起頭，梨花帶雨地看著岳星洲，兩人靠得很近，鼻息都能交纏在一起。

在鄭書意這個距離，她只能看見那個女人斷斷續續地張嘴說了什麼，而岳星洲的表情變得越來越不自然。

隨即，那個女人墊了墊腳尖，吻了上去。

鄭書意像是看見什麼髒東西一樣猛地閉上了眼睛，久久沒有睜開。

——岳星洲，我睜開眼睛時，你推開她！

——你推開她，我就聽你解釋！

不知過去幾秒，鄭書意緊緊皺著眉頭，一絲一絲地睜開眼睛，眼前的畫面一點點清晰。

岳星洲不僅沒有推開這個女人，他還回應了她的吻。

他那修長的手慢慢地抬起，抱住她的腰。

雨越下越大，似乎要湮滅這個城市。

夜空好像關了燈的電影幕，鄭書意眼前出現很多過去的畫面。

一開始，她並不喜歡岳星洲。

那時她已經要大四了，室友都說發現一個低一年級的學弟特別帥，於是幾個人像狗仔一樣跑到操場去看。

也還行吧，沒有他們說的那麼誇張。

鄭書意如是想，並很快將這個人忘在腦後。

可是岳星洲卻對鄭書意一見鍾情了。

二十歲的男生，追求總是來得熱烈而直白，送花、表白，在晚會上明目張膽地對她唱情歌，轟轟烈烈又熾熱動人。

但鄭書意不吃這一套，花不要，禮物不收，唱歌的時候她掉頭就走。

那時候，很多人都覺得岳星洲應該堅持不了多久，包括鄭書意也這樣認為，他跟那些三分鐘熱度的男生沒什麼區別。

可是鄭書意沒想到直到她畢業進入報社成為一名實習記者，岳星洲也沒放棄她。

離開了校園，鄭書意每天要早起報選題、搶線索，奔走在金融街做採訪，夜裡還要熬夜寫新聞稿，拿著可憐的實習薪水，卻時時在操心幾百億幾千億的案子。

對社會生活的不適應導致鄭書意很長一段時間都鬱鬱寡歡，這個時候，岳星洲成了她生活裡唯一的色彩。

鄭書意到現在都還記得，她答應做岳星洲女朋友那天是在電話裡說的，而岳星洲這個傻小子卻興奮地立刻從學校搭車來見她，只為了一個名正言順的擁抱。

朋友們也大多不理解鄭書意，說岳星洲除了長了一張小白臉，還有什麼出挑的地方嗎？家庭條件普普通通，工作也沒有什麼前景，妳完全可以找到更好的。

鄭書意還記得自己當時的回答：「我覺得他這個人特別真誠呀！多難得的性格啊！」

可是為什麼這麼快，人就變了呢？

她視線的焦點再次聚集在門診大樓的臺階上，幾個匆匆走出來的護士小姐看見擁吻的動情兩人，露出豔羨的笑容。

真是好一對璧人。

過分通情達理是真的。

漠不關心是真的。

揉頭髮的習慣是真的。

只有「許峰」是假的。

或許連那淡淡的香水都是這個女人的。

鄭書意覺得深夜冒雨趕來醫院的自己就是個笑話。

理智告訴她，此時自己不應該是一個局外人，她應該走上去捍衛自己的所有權。

可是她邁不動腿，也不願意在這人來人往的醫院上演一齣狗血大劇。

對身分的自持也不允許她把自己弄得那麼狼狽。

靜靜地看了一陣子後，鄭書意摸一下臉，滿手的雨水，不知道有沒有夾雜著淚水。

她走向岳星洲的車，摘下岳星洲送的手鏈，牢固地掛在車門把手上後，轉身走進雨幕。

夜雨瓢潑，銀質細鏈被雨水沖刷得搖搖欲墜，卻依然泛著冰冷的光點。

第二章　立志成為小舅媽

冷風一陣陣吹過來，提醒著站在門口的人該離開了。

岳星洲看著這門簾一般的雨，正在猶豫要不要衝進雨裡時，秦樂之從包裡拿出傘，撐開後舉到他頭頂。

眼神對視後，秦樂之笑了一下，挽住他的手臂，兩人一起往停車的地方走去。

十幾公尺的距離兩人走了好幾分鐘，站到車前時，岳星洲低聲道：「那……我回家了。」

秦樂之挽著他的手臂不放手，低頭靠在他胸前，撒嬌道：「你再陪我一下嘛，我怕天亮了就發現這一切都是夢。」

岳星洲舔了舔唇角，眼神不知道該往哪裡放。

片刻後，他還是抬手抱住秦樂之的背。

兩個人在一把女士傘下顯得擁擠不堪，夜雨淅淅瀝瀝地飄到秦樂之脖子上，冷得她打了一個寒顫，但她還是沒有鬆開手。

「冷嗎？」岳星洲問。

秦樂之越發抱緊岳星洲，「有你在就不冷。」

「嗯。」岳星洲說，「我真的要回去了，明早還要上班。」

聽到這話，秦樂之放開岳星洲，抬頭看著他的時候眼裡有霧濛濛的水汽，整個人虛弱得好像雨再大一點就能淋化她。

她用小指勾住岳星洲的小指，輕輕地晃，「星洲，希望你好好考慮我今天說的話。她能給你的，我都能給你，她不能給你的，我也能給你。」

說完，她鬆開手，低聲道：「我小舅舅還在等我，我先走了。」

岳星洲定定地看著秦樂之坐進了一輛勞斯萊斯，目光在頭頂的路燈下閃爍，喉結微動。

他轉身，慢吞吞地朝自己的車走去。

夜幕裡，視線變得模糊不清，他拿出車鑰匙，按了解鎖鍵，伸手去拉車門，卻摸到一個硬硬的東西。

等他看清那是什麼時，心跳突然加速，血氣倒湧，意識瞬間空白一片，神經緊張得快要炸裂。

淩晨三點四十五。

雨應該是停了，路上的鳴笛聲清晰刺耳。

鄭書意平躺在床上，睜眼看著天花板，腦子裡嗡嗡作響，混沌一片，胸腔因強烈的氣息吞吐而起伏不定。

休息了一陣子，鄭書意立即去雜物間裡掏出一個紙箱子，把這些日子岳星洲送她的東西全都裝了進去。

收拾的間隙，兩張宋樂嵐的演唱會門票從櫃子上落了下來。

鄭書意盯著它們發了一下呆，隨後撿起來，放到書櫃最頂層。

今年的演唱會，原本他們是打算一起去看的。

收拾好東西後，鄭書意坐到沙發上，安靜地等著岳星洲來找她。

不多時，門鈴聲果然響起。

以鄭書意對他的瞭解，他現在肯定滿身是雨水，可憐兮兮地站在門外，等著跟她解釋，求她原諒。

連臺詞她都預料好了，開口就是「妳聽我解釋」，之後他會紅著眼眶，拉著她的衣角，像當初跟她告白那樣。

想到這些，鄭書意自己都笑了。

她起身的時候沒有什麼力氣，還是強打著精神，出現在岳星洲面前。

走廊上的燈只亮了一盞，昏昏暗暗的，但足以照清岳星洲的面容。

他手裡拿著一把藍色蕾絲邊的傘，頭髮軟趴趴的，但卻乾乾淨淨，渾身上下一點水漬都沒有。

跟鄭書意的想像不一樣。

他弓著肩膀，低著頭，掀眼看了鄭書意一眼後又立馬垂下眼睛，「書意……」

鄭書意抬了抬下巴，正要把排練好的絕不原諒的話說出來時，卻聽對面道：「我們分手吧。」

鄭書意：「……」

「我很愛你，也很想和妳永遠在一起，可是這樣的生活太累了，永遠看不到終點在哪裡，我想要在這個城市買一套小房子都是奢望，我……」

「等等。」鄭書意回過神來，連忙打斷他，「你是什麼意思？」

「書意。」他皺著眉，一咬牙，把心裡的話一口氣說出來，「我們都要現實一點！她的家庭不一般，小舅舅開勞斯萊斯，連車牌號都是連號，整個江城僅此一輛！有錢有權，我也想平步青雲到達二十年後的狀態，我……我覺得我們還是適合做朋友。」

鄭書意差點一口氣沒上來，距離當場去世只剩一個指甲蓋的距離。

所以到頭來，她還沒開口，就被先發制人甩了？

「岳星洲。」鄭書意憋著氣，緊緊抓著門框，一字一句道，「我的手機帶上來了嗎？」

「帶、帶上來了。」

岳星洲還是不敢跟她對視，匆匆瞥了她一眼後低下頭把手機拿了出來。

鄭書意奪過自己的手機，深吸一口氣後，一鼓作氣一腳把紙箱和岳星洲踢出去。

「誰他媽要跟你做朋友！做你祖宗！」

摔門聲響徹整個樓梯間，鄭書意靠在門板上都還能感覺到門板的震動，而她一下又一下地順自己胸口以保證自己不會一口氣背過去。

安靜了一下，門外終於響起腳步聲。

鄭書意沒忍住最後那一絲期待，期待岳星洲還有點良心。

於是她轉身，從貓眼裡看出去，卻見岳星洲抱著紙箱走了兩步，突然又蹲了下來，把紙箱放在地上，然後埋頭在裡面翻找著什麼。

箱子裡裝的全是岳星洲送的東西，有陶瓷品、有裝飾品、有書，還有很多零零散散的小玩意。

沒多久，他掏了個小東西出來放進外套口袋裡，丟下那箱東西進了電梯。

不會吧？

鄭書意傻了，用力眨了眨眼睛。

如果她沒看錯的話，岳星洲拿走的是箱子裡最值錢的珠寶胸針！

這一刻，憤怒鋪天蓋地而來，淹沒一切矯情的情緒，撕碎這幾年時光的濾鏡，把岳星洲性格裡最惡劣的一面血淋淋地撕開放大攤在鄭書意面前，容不得她再有任何的留戀，甚至連印象最深刻的美好回憶都在一瞬間灰飛煙滅變成引燃怒火的飛屑。

鄭書意撲到床上，翻來覆去捶打枕頭，依然無法抹去腦子裡那些畫面。

每每一閉眼，就想起岳星洲那副跟她在一起彷彿是受了委屈的樣子，弄得鄭書意硬生生睜眼到天明。

但她只請了半天的假，下午還是梳妝打扮去公司。

渣男可以丟，績效不可以丟。

「銘豫銀行那邊來電話了，人物採訪推到下週四下午三點。」主編唐亦把她叫進辦公室，看著電腦頭也不抬，「但是呢，選題最好換一下，妳儘快交一份新的提綱給我。」

「哦。」

唐亦聽見鄭書意死氣沉沉的聲音，挑了挑眉，「這都是常見的事，妳算是一路順風順水的了，就因為妳長得漂亮。妳知道嗎，有多少記者打出去十通電話，五個永遠在開會，三個永遠在敷衍，還有兩個永遠不方便接受採訪。妳現在就置氣，以後怎麼辦？」

「我沒置氣，說起來我還要謝謝時宴呢。」鄭書意用毫無起伏的語氣說，「不然我怎麼會發現我男朋友，哦不，前男友出軌呢？」

「什麼？變前男友了？」唐亦很震驚，可是說到最後一個字時，尾音上揚，眉飛色舞，就差把「好好笑哦」幾個字寫在臉上了。

鄭書意：「……」

「哎喲。」唐亦為了不讓自己太過分，捂住嘴說，「我是不是不該表現得這麼開心？」

鄭書意沒有力氣擺出什麼表情來，淡淡地說：「還好，只是魚尾紋笑出來了。」

唐亦瞬間變臉，冷冷地轉頭看電腦，翹著中指按壓眼尾，「早就跟妳說了，妳那個男朋友不行，妳的條件配什麼樣的不好？」

「那我要配什麼條件的男朋友？」鄭書意腦子裡又出現昨晚的畫面，自言自語般說，「配個有勞斯萊斯的？」

「不行嗎？」唐亦站起來，往她懷裡塞一份文件，「妳有學識，有長相，工作體面，以後前途無限，怎麼配不上？」

這個「前途無限」其實是唐亦很久之前對鄭書意的規劃。

當初是她把鄭書意從報社挖過來的，就是想打造出專屬《財經週刊》的人形招牌。

鄭書意畢業於國內數一數二的財經大學新聞系，科班出身業務能力過硬，小女孩還能吃下時報新聞記者的苦。

最重要的是，唐亦看重她擁有過人的美貌。

即便是嚴肅的行業，美貌也是特別吸引人眼球的媒介。

若再是跟「學歷」、「能力」這幾張牌一起打出來，那就是不敗王牌。

所以她覺得等鄭書意出幾篇關注度高的作品，《財經週刊》再助力一把，兩者相輔相成，讓她成為圈子裡的名記者，日後行走在金融圈便如同如入無人之境，能為雜誌社帶來更大的效益。

「哦。」鄭書意懶得跟唐亦討論這個問題，低頭看手裡的東西，「這是什麼？」

「下午有個金融高峰會，妳要是死不了就去跟一下。」

唐亦朝她揮揮手，示意她可以走了，「還有下週銘豫銀行的採訪，好好準備哦。」

這就是有一個不近人情的上司的好處，鄭書意連矯情都沒時間，去洗手間補了妝便匆匆離開公司。

這場高峰會在江城新金融中心舉辦，地處偏僻的四環路，去年才落成，四周還處於開發階段，路上除了汽車基本上沒有行人。

但是這個地方鄭書意並不陌生，一是因為她經常出入這裡做採訪，二是因為岳星洲的工作地點就在這裡。

以前她要是有時間就會來這裡等岳星洲下班，然後兩人一起吃飯看電影，再去一家她最喜歡的甜點店買小蛋糕。

以至於現在鄭書意聽完整場高峰會，竟下意識轉進那家甜點店。

等她回過神時，店員已經在熱情招呼她了。

鄭書意從櫃子裡拿出她平時總會買的蛋塔，黃色起司上綴著的兩顆紅色葡萄看起來像極了岳星洲那可恨的面目。

「小姐，那個……」店員小心翼翼地說，「下午了，蛋塔買一送一。」

話音剛落，門口歡迎聲響起，店員連忙去招呼新進來的客人。

而鄭書意還在盯著蛋塔，直到身後響起一道熟悉的聲音。

她猛地回頭，猝不及防和岳星洲對上目光。

岳星洲的表情出現明顯的凝滯，站在門口一時不知道該不該再進一步。

片刻後，他別開臉，拉著身旁的女人說：「明天再來買吧。」

這時候鄭書意才注意到他牽著的女人，就是昨天晚上在醫院看到的那位。

昨晚來跟她提分手，今天兩人就手牽手出來招搖過市了？

「怎麼了？」秦樂之雖然看到鄭書意了，但她不打算走，「我都吃習慣這家了，一天不吃就不舒服。」

她走到鄭書意身旁，側身拿出一整盒蛋塔，收手的同時睨了鄭書意一眼。

那眼神明顯就是表示她知道鄭書意是岳星洲的什麼人，但絲毫沒有作為第三者的自覺，甚至還透露出一股洋洋得意，彷彿一個打著赤腳衝進宴席往菜裡吐了口水的人在向所有人炫耀她得到了整桌菜。

鄭書意被她這眼神晃得太陽穴突突突地疼。

好，我忍。

她丟開蛋塔，頭也不回地離開甜點店。

但是踏出大門時，她突然想到什麼，於是立刻停下腳步回頭，正好碰上秦樂之也正帶著勝利者的目光在看她。

鄭書意目光下移，看見她圍巾上戴的那塊金光閃閃的東西，果然就是昨晚岳星洲帶走的胸針！

「……」

彷彿有千萬隻燒得滾燙的火炭在來回碾壓鄭書意的胸腔，怒火隨時隨地要噴薄而出。

但她的表情卻平靜無波，只有目光凝注著那胸針，用不輕不重地聲音說道：「竟然還真的有人喜歡用二手貨。」

說完，不管裡面的人作何反應，她直接踏出了這家店。

然而走了幾步後，鄭書意終於忍不住，一腳踢在路邊的大樹上。

大樹當時害怕極了，從來沒見過這麼生氣的女人。

她垂著頭，胸口劇烈起伏著，明顯感覺到自己的臉頰因為生氣而變得灼熱。

路上汽車鳴笛聲不斷，她稍微側了側頭，看見岳星洲和秦樂之走了出來。

岳星洲手裡拿著甜點盒子，秦樂之抱著他的手臂一蹦一跳地坐上了他的副駕駛座。

是剛從動物園放出來還沒學會直立行走嗎？

鄭書意死死盯著那個方向，直到牙齒都咬痠了，才邁開腿往前走。

她也不知道自己在幹什麼。不去搭車，不去地鐵站，就這麼漫無目的地在這個寬闊得有些寂寥的大路上一步步地走著。

雲層的邊際與天融為一體，渾濁又昏暗，時間的流逝變得模糊不清。

不知走了多久，鄭書意終於停在一個路口準備攔一輛計程車。

然而就在她往大路中間看去時，對面街道停著的一輛車猝不及防抓住了她的注意力。

當她視線漸漸聚焦時，那明顯的勞斯萊斯標誌彷彿在閃著金光。

就是她昨晚在醫院看見的那一串，也正是岳星洲口中的「連號車牌」，全江城僅此一輛。

一個念頭飛速在鄭書意腦海裡閃過，以及今天唐亦對她說的話。

——「妳有學識，有長相，工作體面，以後前途無限，怎麼配不上？」

寒風肆意在臉上吹颳，思緒卻如熱浪在腦海中翻湧。

不太理智，不太冷靜，但只有三秒鐘，鄭書意做出了顛覆她日後生活的決定。

有的人，妳不讓他為自己的所作所為付出代價，他不會覺得妳灑脫大氣，只會覺得妳傻。

不是想少奮鬥二十年嗎？不是想背靠大山嗎？

就算不能讓你付出代價，也要你日後諂媚的時候不得不畢恭畢敬地叫上我一聲小舅媽。

想到這裡的時候，鄭書意已經站在了車旁。

她看向車窗，倒映出來的面容雖然有些憔悴，有別於平時靈動的嬌豔，有一股楚楚可憐的脆弱感。

鄭書意抬手敲了敲車窗，靜默等候，裡面卻很久沒有動靜。

久到鄭書意以為車裡沒人時，車窗終於緩緩降了下來。

起初，鄭書意只看見一副綴著倏忽光點的金絲框眼鏡。

車窗繼續下降，如劇院的幕布一般，男人的面容緩緩在映鄭書意的眼前，隨之而來的是她心裡暗暗罵的一句髒話。

但凡見過這張臉的人，都不會在短時間內忘記，鄭書意自然也記得，這是昨晚在華納莊園提出要送她回家的那個人。

只是她沒想到，那個秦樂之看起來清湯寡水的一張臉，小舅舅居然是這樣的色相？

男人被敲開車窗似乎沒有太多的意外，只是目光凝注著她。

雖然尷尬，但鄭書意覺得並不完全是壞事。

至少，昨晚他不是也對她有那麼點意思嗎？

於是鄭書意彎腰，輕聲道：「先生，我手機沒電了，叫不到車，能不能借您的手機打個電話呢？」

時宴沒動，只是微微抬眼，側著目光打量了鄭書意一眼。

在眼神對視中，鄭書意看不出他到底是什麼意思，於是心一橫，說道：「或者，您願意載我一程也可以。」

時宴盯著她看了看。

他眉眼狹長，而眼鏡的冰冷質感正好壓制住上揚眼尾的那一抹輕佻。

幾秒後，時宴慢條斯理地收回目光，「我的車不載有男朋友的女人。」

鄭書意：「……」

車輛就這麼當著她的面倒了出去，疾馳向公路。

泛著橘光的雲彩在天邊翻湧，時間的流逝變得肉眼可見。

雜誌社採編部密集淩亂的燈光亮起，所有人沉浸在此起彼伏的鍵盤聲中，連空氣裡都縈繞著截稿日的緊迫感。

鄭書意今天的稿子寫到收尾，那股愣愣的感覺才消散，並且接受了「昨晚試圖搭訕她的男人就是小三的小舅舅而他今天記仇地拒絕了自己的搭訕」這個事實。

還挺記仇的啊。

鄭書意渾然不知自己唇角露出了詭異的弧度，緊緊盯著螢幕，雙手飛快地打字，嘴裡念念有詞，看起來文思泉湧，靈感四溢。

然而——

「各銀行理財公司預計明年將步入新的融資計畫，銀保監會（銀行保險監督管理委員會）敦促渣男趕緊去死挫骨揚灰拿去施肥，小三月經失調滿臉痘痘得了灰指甲一個傳染兩個。」

「啥？」坐在旁邊工位的孔楠瞇著眼睛探了上半身過來，看了一眼後，問道，「妳在寫什麼東西？」

鄭書意靈魂歸位，掃了螢幕一眼，眼睛也不眨地刪除了那一行字，「沒什麼。」

她闔上電腦，抬頭看著窗外的霞光。

寫完今天下午的高峰會稿後，鄭書意沒有下班回家，繼續留在辦公室寫針對時宴的採訪提綱。

情場失意，職場總要得意，鄭書意勢必要拿出一份驚才絕豔的稿子震撼住唐亦，免得唐亦總覺得她失戀了就像個可憐蟲。

鄭書意這個人，不僅報復心強，自尊心也挺強。

所以週五那天，鄭書意多花了點時間，把自己打扮得特別有精神，然後帶上錄音筆和記錄本前往銘豫銀行總部。

與其他辦公樓樓一樣，銘豫總部的一樓接待處要求來訪者登記身分。

這棟辦公大樓朝向好，陽光正正地曬進來，撒在接待檯的三位正裝男女的笑臉上，給這冰冷的建築帶來幾絲煙火氣息。

保全大哥站在一旁，瞄了鄭書意胸前掛著的記者證一眼，強裝隨意地說：「你們雜誌社的記者都這麼漂亮嗎？」

鄭書意笑了笑便算是回應這恭維了。

但她拿起筆的那一刻，目光突然閃了一下。

許雨靈？登記冊上怎麼會有許雨靈的名字？

雖然這個名字普通，但應該不是同名同姓，畢竟後面來訪目的那一欄寫的是「採訪」。

說起這個許雨靈，從鄭書意第一天入職雜誌社的時候就和她八字不合，這兩年也沒少發生過搶資訊源的事情。

所以鄭書意在登記冊上看見許雨靈的名字，並且注意到來訪時間是今天上午十點整時，心裡突然有了不祥的預感。

鄭書意立刻朝電梯間跑去。

電梯裡，時間彷彿被拉得很慢，鄭書意雖然筆挺地站著，雙手卻不自覺地握成拳，一顆心更是吊到了嗓子眼。

半分鐘後，電梯到達，一聲「叮」刺破鄭書意的失神，她一抬頭便見陳盛從眼前的走廊經過。

「陳祕書！」鄭書意叫住他的同時，三步併作兩步跨出電梯，「我是《財經週刊》的記者鄭書意，與總裁約好了今天下午三點半的人物專訪。」

陳盛微微皺眉，面露疑惑：「妳不是有事嗎？」

鄭書意一聽，剩下那半截心也涼了。

許雨靈果然來截胡了。

果不其然，陳盛緊接著便說道：「妳同事已經採訪結束了。」

陳盛看了手錶一眼，又補充道：「她早上就來了，那時時總正好有空。」

鄭書意：「……」

如果髒話會被消音，現在她心裡的「嗶嗶」聲音已經高達擾民的程度了。

可是她能怎麼辦？

時宴應下的是《財經週刊》的邀約，才不會管是哪個記者過來，更不會為她們的內部紛爭承擔後果。

而稿子必須要發表，總編最多說一句許雨靈不厚道，不可能為了這點所謂的「道德感」而撤下時宴的人物專訪。

鄭書意頷首，咬緊牙齒，強撐出一個僵硬的笑容，「不好意思，是我們內部沒有溝通好。」

其實陳盛這種人精哪能看不出來其中的彎彎繞繞，但多一事不如少一事，順著鄭書意的話點了點頭：「麻煩您跑一趟了。」

「不——」鄭書意的聲音突然頓住，後面「麻煩」兩個字沒有說出來，愣怔地看著對面。

距離她十公尺遠的地方。

總裁辦公室大門自動朝兩邊打開，門外座位坐著的六位助理與祕書紛紛起身，抱著一堆檔案正橫穿過道的一位職業裝年輕女人也立刻退到一邊。

光線聚焦處，男人信步而來，表情平靜，無聲無息卻又奪走所有人的注意力。

視線隨意掠過一處時，鏡框折射出冰涼的光點，綴在他的輪廓上，那股拒人千里之外的感覺渾然而生。

四周窗明几淨，卻又靜得出奇。

鄭書意眨了眨眼睛，確定自己沒眼花，眼前出現的男人就是她尋尋覓覓一個星期的「小舅舅」。

但她此刻完全沒有那種得來全不費工夫的喜悅感，而是感覺自己被雷劈了。

在這個地方看見他，幾乎可以斷定這個人，就是她掛在嘴邊嘮叨了半個月的時宴。

難怪岳星洲要跟別人跑，原來人家背後有這樣的背景。

這緣分可真的是太妙不可言了！

——如果鄭書意沒有曾經拒絕他的搭訕又跑去主動搭訕他的話。

在鄭書意腦子裡正在電閃雷鳴時，陳盛已經走到時宴身邊，低聲在他耳邊說了句話。

時宴抬眼看了過來，與鄭書意那有些迷茫有些無措還有些尷尬的視線撞到一起。

鄭書意一凜，表情有點僵，反而更無法自然收回目光，就那麼直勾勾地看著時宴。

也只是對視了那麼一、兩秒，不管鄭書意此刻表情如何，時宴對她眼神裡的各種資訊視若無睹，泰然地收回目光，朝著電梯走去。

鄭書意站在原地不動，瘋狂腦內風暴，迅速為自己列出兩條可行方向。

第一，灰溜溜走人，假裝什麼都沒發生過，從此鄭書意這三個字消失在時宴的世界裡。

第二，小學老師說過，人不能放棄任何機會，要迎難而上。採訪她要做，小舅媽她也要當。

身體已經代替大腦提前做出選擇。

鄭書意迅速彎起笑眼，嘴角帶著淡淡的笑。

她有一頭濃密柔順的黑長髮，俐落的中分，一邊頭髮別在耳後，一邊自然地垂在臉頰旁，極盡端莊，但笑起來時，眼裡的光彩連一聲嚴肅服飾都壓不住，像一隻蝴蝶搧著翅膀爭先恐後地飛出來。

在這肅穆的辦公室走道上，她整個人似乎生動了起來。

可時宴的視線卻再也沒落在她身上過，與她擦肩而過，彷彿只把她當做一尊蠟像。

鄭書意：「……」

她的笑保持不變，盯著空氣點了點頭給自己鼓氣，然後轉身，開口道：「時總，我們約好了今天下午的採訪。」

時宴停下腳步，側頭看過來，眉梢挑了那麼一下。

這一片的空氣彷彿停止流動，四周的助理祕書們一道道探究的視線遞了過來，圍繞在鄭書意和時宴身上。

在場的人都知道，今天《財經週刊》的採訪已經結束了。

就連一旁的陳盛都愣了一下。

這位小姐您失憶了？

鄭書意怎麼可能感覺不到四周的氣氛，她心裡也打著鼓呢，但還是儘量裝作一副什麼都不知道的樣子看著時宴。

不搏一搏，她今天就只能空手而歸。

鄭書意掐了掐手心，揚著笑臉，聲音清亮：「我……期待這次採訪已經很久了，終於等到今天了，您看現在方便嗎？」

話音落下後，走道上安靜得落針可聞。

時宴上眼瞼輕輕一垂，在收回視線的那一剎那，看見她垂在腿邊，緊緊蜷握的雙手。因為用力，骨節泛出了淡青色。

突然，面前的人蹙起眉頭，雙唇微翹，緊緊盯著他，用小到只有他才能聽見的聲音說：「就耽誤您一下子，好不好？」

時宴感覺自己的喉嚨突然癢了一下。

片刻後，他甚至連眼睛都沒抬一下，不帶情緒的聲音卻清清楚楚地傳進所有人耳裡。

「過來。」

四周安靜得詭異。

大家面面相覷，震驚卻又不敢多問。

最後反應過來的大概只有鄭書意。

直到時宴邁步離開，她才猛然回神。

——您看方便嗎？

——過來。

按照鄭書意的理解，那就是：我方便！我太方便了！

這是什麼活菩薩在世啊！

她驚喜地轉身，活菩薩已經走到電梯口，於是立刻跟了上去。

電梯正勻速下降。

空間由寬敞的辦公區變成了相對狹小的電梯，四四方方一塊，非常容易讓人聚精會神。

所以鄭書意這時冷靜下來，往按鍵一看，亮燈的是負二層地下停車場。

鄭書意不知道為什麼要去停車場，於是瞄了時宴的背影一眼，又看了旁邊眼觀鼻鼻觀心的陳盛一眼，小心翼翼地對著活菩薩的後腦勺說：「時總，請問我們現在是要去——」

突然，有手機鈴聲響起。

鄭書意很清晰地分辨出這是時宴的電話，所以她識趣地閉了嘴。

時宴不急不緩地拿出手機看了一眼，隨即掛掉。

不多時，陳盛的手機又響了。

鄭書意看不見剛剛時宴掛電話的表情，卻能看見陳盛的臉色。

他看見了來電顯示後，很快地皺了下眉頭，隨後接起。

他還沒說話，鄭書意便清楚地聽到電話裡傳來的尖銳的女聲：『叫我小舅舅接電話！』

我靠！小三！

鄭書意的反應幾乎成了生理性的，胃裡一股惡寒憋都憋不住，雙手揪緊了單肩包鏈條，帶著各種情緒死死盯著時宴的背影。

她倒想看看，時宴對她這個外甥女到底是什麼態度。

陳盛把手機遞了出來，還來不及說什麼，時宴就跟背後長了眼睛似地開口：「告訴她，不聽話就不要出現在我面前。」

語氣平靜無波，彷彿在交代一日三餐一般，聽起來卻莫名有一股壓迫感。

陳盛「嗯」了一聲，如實轉達，電話便被直接掛斷。

電梯裡再次恢復平靜。

鄭書意站在角落，唇角卻已經不受控制地翹出一個冷冷的弧度。

還挺有威嚴的呢，這麼有威嚴怎麼不教教你外甥女不要插足當第三者呢？

不過這確實比她想像的情況還要好。

一個強勢的小舅舅，一個說一不二的小舅舅太適合給她狐假虎威作威作福了。

電梯門開了，時宴跨出去，鄭書意也亦步亦趨地跟上他。

走到一輛車前，司機為時宴拉開右側車門，他這時才想起身後還跟了一個人，停下腳步，慢悠悠地側過上半身，垂眸看著鄭書意，「我有兩個小時的車程，車上說。」

雖然時宴不是在徵求她的同意，但鄭書意還是矜持地點頭：「我可以。」

在車底說都可以！

時宴不再回應，轉身的時候鬆開西裝一顆釦子，直接上了車。

鄭書意看著眼前的車，忍不住扯了扯嘴角。

岳星洲，想不到吧，我比你先坐上這輛車！

車內雖然有四個人，卻沒有聲響。

似乎有時宴在的地方，就格外安靜，這人就跟行走的消聲器一樣。

他靠著背椅，摘下眼鏡，用拭鏡紙慢條斯理地擦著鏡片。

感覺到旁邊的動靜，他的視線往右側一帶，彎腰壓著裙子坐上來的鄭書意長髮如瀑布般垂下，一股淡淡的香氣被風吹到他鼻尖。

她穿著一件米白色的鉛筆裙，斜著腿坐下時，裙子縮到了膝蓋上十公分處，露出一雙纖細的長腿。

時宴收回視線，戴上眼鏡。

汽車緩緩開出停車場，香氣似乎還縈繞在他鼻尖。

時宴突然問道：「冷嗎？」

鄭書意愣了一下，抬頭看向時宴。

沒想到他會問她這個，太貼心太細緻了吧。

「不冷。」鄭書意笑著搖頭。

時宴交疊起腿，平靜地吩咐司機：「開窗吧。」

車窗搖下，一股深秋的冷風毫不留情地颳在鄭書意臉上，連呼吸都是刺鼻的。

鄭書意：「……」

我說我不冷也不代表我很熱啊？

第三章　訓馬

鄭書意承認，她坐上來的時候刻意凹了姿勢，管理了表情，甚至連雙腿怎麼放最好看都不動聲色地調整過。

她不知道時宴近視多少度，能不能發現她的內在美，所以外在美總要明明白白擺在他面前。

但這時車窗開著，快要入冬的冷風就跟不要錢似的拚命往車裡灌。

她感覺時宴就是在治她。

所以鄭書意什麼花裡胡俏的心思都沒了，不動聲色地收了腿，裹緊大衣，拿出錄音筆，清了清嗓子，說道：「時總，那我現在開錄音筆了？」

時宴靠在背椅上，閉著眼，嘴都沒張一下，「嗯」了一聲算是回應鄭書意的話。

怕是下一秒就要睡著。

我看起來這麼沒有吸引力嗎？

鄭書意心裡罵著，嘴上乖乖巧巧，「我會全程錄音，終稿出來後會專門跟您核對。」

說完，時宴沒應聲，依然保持著閉目養神的模樣。

鄭書意翻出提綱本，「本次訪談主題主要圍繞亞洲貨幣合作中人民幣發揮的支柱貨幣作用，以及人民幣在東亞地區扮演的角色問題。首先想請您談一談，在推進人民幣國際化進程中，作為大型商業銀行，你認為需要做足哪些準備？」

聽鄭書意說完，時宴側過頭，下巴壓著，輕飄飄地看了鄭書意一眼。

鄭書意不知道這是什麼意思，也看回去。

沒想到時宴卻沒移開眼神，一對視上，她也不知道該擺什麼表情了，只好眨眨眼睛。

拋開其他因素，她對這次工作準備已久，有多大的期待自然也就有多大的忐忑。

片刻後，時宴不知想到什麼，幾不可聞地鼻腔裡輕嗤一聲，隨即收回視線。

鄭書意：？

如果不是我對你別有用心，我今天非得讓你說道說道你這個微妙的表情是什麼意思。

在鄭書意腹誹時，時宴抬手鬆了鬆領結，然後開始回答鄭書意的問題。

他說出第一句話的時候，鄭書意還沒回過神，愣了一下，才低頭開始記錄。

時宴說的話邏輯性很強，環環相扣，一句句地答下來，字雖然不多，訊息量卻很飽滿，鄭書意不敢漏掉一句，認認真真地聽著。

汽車一直飛速前行著，上了山路，進了隧道，繞了交流道，鄭書意從沒抬頭注意過窗外的變化。

她一個個話題拋出來，幾乎沒有閒置時間去想這輛車會開往何處。

等她把提綱裡的內容問完，錄音筆顯示時間已經過去了一個小時五十六分鐘。

要接上他的思緒其實很困難，對注意力的要求幾乎達到考試水準，期間還要去分析他說的話以至於自己不會問出重複的問題來惹他笑話，所以鄭書意記錄完最後的要點時，手心已經出了一層細密的汗。

鄭書意抬起頭，看了時宴一眼，見對方表情平和，倒是沒有她這麼緊張。

她的目光漸漸停留在他的眼睛上。

從側面看，鏡片為他的睫毛鍍上了一層淡淡的光，看不出情緒，卻很難移開視線。

「問完了嗎？」時宴突然扭頭看著她。

鄭書意驟然收回視線：「看完了。」

下一秒。

鄭書意：「……」

本就靜謐的車內似乎更安靜了。

她蓋上筆蓋，假裝什麼都沒有發生，垂著臉翻了翻記錄本，試圖掩蓋自己偷看他被抓包的尷尬。

片刻的沉默後，鄭書意開始有些忐忑，悄悄抬眼去看時宴。

正好對上了時宴的目光。

他慢慢坐直上半身，抬手整理自己的領帶，望著她的眼神變得晦暗不明。

車在這個時候緩緩停了下來。

鄭書意暗暗捏了一把汗。

嘴瓢了，應該猥瑣發育的。

車內持續安靜。一股冷風吹進來，鄭書意冷不防打了個寒顫。

就是這個間隙，時宴移開眼，打開車門，躬身下車，丟下一句話，「兩個小時到了。」

鄭書意：「……」

他一連串動作太快，鄭書意恍惚了一下才從剛剛那股對視中的緊張感裡醒過來。

她立刻抬頭，往車窗外看去。

大片的草地，一排排的木樁圍欄，中間零星地有幾匹馬在吃草，盡頭的樹林枯黃一片，天色灰濛濛的烏雲堆積，感覺下一秒就要壓到那片樹林上了。

這是什麼鳥不生蛋的鬼地方？

時宴站在車旁，抬眼看著遠處，似乎已經忘了鄭書意的存在。

鄭書意雙手扒著車窗，心慌意亂。

而時宴的背影彷彿刻著大寫加粗的「冷漠」兩個字。

正當她要開口時，時宴回頭，掀了掀眼皮，「妳可以走了。」

鄭書意：？

這荒山野嶺的我怎麼走？騎馬走？

眼看著時宴真的要走了，鄭書意連忙下車追上去，「時總，還有最後一個問題。」

她抿了抿唇角，「要不然聊點其他的話題吧。」

時宴注意力在手機上，沒看鄭書意，「說。」

鄭書意站在他身後，問道：「您有女朋友嗎？」

時宴指尖頓了頓，側頭看了過來。

鄭書意笑吟吟地看著時宴，看起來似乎沒什麼別的意思，畢竟許多記者在採訪尾聲都會以這樣的問題來活絡氣氛。

實則她放在腿側的手已經緊張到握拳。

時宴的目光浮動，帶著幾分探究的意味在她臉上打量了幾許。

當他正要開口時，不遠處傳來一道男聲。

「時宴！」

時宴隨即抬頭，一個穿著馬術服的白髮老人快步朝他們走來。

起初鄭書意只是跟著時宴一同看過去，覺得老人的聲音有些耳熟。

待他越來越近，面容清晰了，鄭書意恍然大悟，還真的是認識的。

準確說，應該鄭書意是單方面認識這位金融界赫赫有名的大佬。

她大學就讀於財經院校的新聞系，入學的第一堂專業課，老師便提起了這個人——關向成。

自此之後，關向成無形地貫穿了鄭書意整個大學時代，工作後更是頻頻被提起，電視、雜誌、報刊，無處不充斥著他的名字。

如今關向成雖然已經退休，甚少出現在公眾面前，但山高水遠，其威望依舊如泰山屹立。

當然，鄭書意也聽說過關向成最大的愛好就是馬術。

那麼她現在所在的地方，應該就是關向成的私人馬場了。

關向成手裡捏著一根真皮馬鞭，悠哉地朝這邊走著，視線慢慢注意到一旁的鄭書意。

驟然見到一個陌生女人，關向成的腳步不自覺放慢，多了幾分打量。

但轉念一想，一個男人帶一個女人出現，似乎也不是什麼稀奇事，便問時宴：「這位是？」

他指指鄭書意。

不等時宴說話，鄭書意搶先一步道：「關先生您好，我是《財經週刊》的記者鄭書意。」

「《財經週刊》啊……」關向成點點頭，「我對妳有印象，看過幾篇妳的文章，寫得不錯，有深度，沒想到本人還是個年輕的女孩子。」

這誇獎也不知道是不是賣時宴面子，但鄭書意還是欣然地受了。

她抬頭笑：「您過獎了。」

短暫介紹完，關向成才看向他今天的客人，樂呵呵地說：「我還以為你一個人來，什麼都沒準備。我這個破地方很少出現女孩子啊。」

聽這話的意思，鄭書意知道他是誤會自己是跟時宴一同來的，並且還以為他們的關係不一般。

鄭書意低下了頭，手指輕輕摩挲著袖口，心裡飛速打著算盤。

「關叔叔——」

「天啦！」

時宴剛開口，身旁的女人小小地驚呼了一聲。

時宴轉頭，見她抬著頭，看著前方的馬場跑道，臉上布滿流於表面的驚豔神色，「這裡好美啊！」

說話的同時，她扭頭掃視四周，長髮被風吹起，眼裡放著光，「這些馬也好漂亮啊！」

彷彿真的是一個被風光吸引住的天真女孩。

殊不知在時宴眼裡她此刻的表情有多浮誇。

鄭書意只覺得自己這一波演技簡直問鼎奧斯卡。

原本要說的話收住，時宴皺眉，若有所思地打量鄭書意。

「這還不是我最好的馬。」關向成立刻笑呵呵地接話，不管多有身分地位的人，到了這個年紀，也按捺不住炫耀自己珍寶的心思，「真正的寶馬都在裡面。」

「還有啊？」

鄭書意一副好奇又期待的樣子，關向成怎會看不出，他收了手裡的鞭子，朝兩人招手，「走吧，進來吧。」

關向成說完便轉身朝裡走去，留下鄭書意和時宴兩人。

空曠的地方，風總是特別大，掠過樹林而來，呼呼作響。

身旁的人不說話，但鄭書意能感覺到他在看自己。

關向成何等身分，她就是篤定時宴不會在他面前多做解釋，把這些有的沒的小孩子打鬧一般的事情擺上檯面，所以才敢這麼做。

但這樣的審視彷彿煎熬，一秒鐘也會被拉得無限長。

鄭書意的呼吸有些不調，手背在腰後，食指不安地攪在一切，等了幾秒，還沒等到對方開口，於是她心一橫，抬頭看向時宴。

果然撞進了他的目光裡。

鄭書意眨眨眼睛，一派天真的模樣，彷彿在說：「關向成邀請我的，怎麼了？有什麼問題嗎？」

鄭書意不知道時宴到底有沒有問題，反正他只是露出一個意味不明的輕笑，隨即不再理她，邁腿跟上關向成的腳步。

進入馬場內，關向成在更衣室外站著。

時宴直接往更衣室走，跨進門了，才想起什麼似的，在背向關向成的地方扭頭看鄭書意。

他壓了壓眼瞼，「我進去換衣服。」

雖然聲音很平靜，但卻帶著警告的意味。

鄭書意笑得燦爛，聲音甜美，「嗯！我乖乖等著。」

時宴：「……」

他不再多話，進入更衣間，外面便只剩下關向成和鄭書意。

若是陌生人，關向成自持身分，是最話少的一類人。

但今天他明顯把鄭書意當做了時宴帶來的人，剛剛聽到這兩人一來一回的對話，心裡對鄭書意大概有了個底，對她的態度便和對時宴相差無幾。

他牽了一匹馬過來，一邊順著毛，一邊跟鄭書意隨意地聊天。

聊了幾句行業相關，他話鋒一轉：「妳跟時宴認識多久了？」

鄭書意愣了一下，才反應過來他是什麼意思。

她垂眸，面色靦腆，「認識不久。」

——今天剛認識。

關向成心裡有了數，笑著點頭，拍了拍身前這匹幼馬，「妳會騎馬嗎？」

鄭書意說不會。

關向成轉身朝更衣間一指，「裡面有我太太的舊衣服，妳要是不嫌棄的話可以將就穿一下，來都來了，可以學一下。」

「真的嗎！」

騎馬這種事本就離日常生活遙遠，即便不是因為時宴，鄭書意這點好奇心還是有的，所以此刻的驚喜完全不是做戲，有些雀躍的跟著關向成進了更衣室。

因為是私人馬場，更衣室也不大，兩邊分別有四個隔間。

鄭書意走在關向成身後，經過一個隔間時，稍微抬頭，便看見門簾後的時宴。

門簾堪堪擋住胸口到腳踝的位置，時宴轉過身來，與鄭書意的視線相觸。

更衣室裡雖然燈火通明，但時宴摘了眼鏡，眼睛便微微瞇著，自帶著幾分審視的意味。

心裡有鬼的鄭書意被他看得有些心虛，閃爍著目光別開了臉。

感覺那道目光追著自己的背影，她皺了皺眉，加快了腳步。

關向成帶她走到一個櫃子前，打開門，一股淡淡的薰香味盈鼻。

櫃子裡掛著一套紅色的馬術服，看釦子的色澤應該是有些年頭了，但材質卻非常高檔，剪裁也十分俐落。

「妳換吧，我太太身形跟妳差不多，應該合適的。」

關向成說完便走了出去。

更衣室裡安靜了下來。

鄭書意取出那套衣服，在選擇隔間的時候，刻意朝時宴那邊張望了一下。

可惜中間隔著一架很高的儲物櫃，她看不見那頭的情況，不知道時宴還在不在。

這麼久沒動靜，應該已經出去了吧。

鄭書意轉身進入隔間。

她脫了衣服，小心翼翼地換上這套馬術服，還差領口最後一個釦子沒釦時，突然聽見一陣腳步聲響起。

鄭書意指尖一頓，停下動作，仔細辨認著腳步聲是不是朝她而來。

可惜不是，腳步聲越來越遠，應該要出去了。

鄭書意手指摸了摸腰帶，突然出聲：「時總！」

外面的腳步聲停下。

仗著站在隔間裡，鄭書意肆無忌憚地笑了一下，「這個腰帶怎麼繫啊？你可以教我一下嗎？」

等了幾秒後，腳步聲再次響起。

更衣間內鋪著木質地板，將聲音壓得很沉。

他來了。

鄭書意鬆開手，迅速開始整理頭髮，但是幾秒後，她發現不對勁。

腳步聲好像越來越遠了？

剛想完，「砰」一聲，關門聲響起，並且帶出一陣風，將鄭書意面前的門簾掀起一角。

他的聲音清清楚楚地迴盪在這更衣室裡，「不會繫就別騎了。」

馬奎斯曾說過，當一個女人決定泡一個男人時，就沒有她越不過去的圍牆，沒有她推不倒的堡壘，也沒有她拋不下的顧慮，事實上都沒有能管得住她的上帝。

那麼鄭書意現在面臨的是銅牆鐵壁嗎？是刀山火海嗎？是上帝的憤怒嗎？

都不是，只是時宴一個小小的拒絕而已。

OK的。

她閉眼吸了吸氣，調整好心態後，一邊整理頭髮一邊往外走。

推開更衣間門時，開闊的曠野映入眼簾，風吹草就動，幾匹馬悠閒地垂頭撥弄草地。

鄭書意扣好鈕釦，一抬頭，看見雲散霧開，太陽已經落到地平線以下，萬道霞光撐開天際。

浮金陽光下，時宴站在一匹紅棕色的馬旁，黑色騎士服優雅且充滿張力，馬的皮毛被打理得像緞子般閃亮。

如畫一般的場景，有一股協調的韻律美。

鄭書意忍不住多看了兩眼。

「換好了？」關向成牽著一匹馬走過來，手臂靠著馬鞍，上下打量了鄭書意一眼，「還挺合適的。」

說完，他拍了拍馬，回頭朝時宴招手。

三人離得並不遠，這邊的一舉一動時宴都能看到。

他鬆開轡繩，朝他們走過來。

當他走近了，關向成說：「這匹馬是最溫順的，讓時宴教妳騎一下吧。」

嗯？

鄭書意立刻看向時宴。

他停下腳步，低頭整理著白手套，沒有做聲。

關向成說完便走了，沒多久，鄭書意便聽見馬蹄賓士的聲音。

而時宴戴上手套，走到馬旁，特有閒情逸致地順毛，卻沒有下一步舉動。

其實在之前的短暫聊天中，鄭書意大概摸清楚了時宴和關向成的關係。

並不是親戚，只是關向成與時宴的父親有一定交情，而今天時宴就是專門來陪他打發時間的。

時宴這樣的人，能專門來陪他打發時間，可見其在時宴心裡的地位。

不是絕對的親昵，更多的是敬重，所以他勢必會展現自己最好的一面在他面前。

於是鄭書意輕咳了聲。

時宴抬頭看向她。

「時總。」鄭書意靦腆一笑，忐忑地看著時宴，「那麻煩您教教我啦。」

「好。」

不知道為什麼，他的語氣給鄭書意一股不懷好意的感覺。

或許是錯覺吧。

鄭書意幫自己做了做心理疏導，能把她怎麼樣呢？還能拿她去餵馬不成？

她抬頭笑道：「那謝謝時總啦。」

時宴抬手，做了個「請」的手勢。

穿著的馬術褲服貼柔軟，鄭書意輕鬆俐落地跨了上去，甩了甩頭髮，抓著馬鞍，低頭看向時宴。

時宴手握著轠繩，看了她一眼，向後走了一步。

鄭書意眨了眨眼睛，難道不該是走在前面牽著馬嗎？去後面幹什麼？

她還沒想通，身後一股溫熱湧來，馬鞍下沉，馬匹向前撲了幾步。

由於慣性，鄭書意往後一仰，靠上一個人的前胸。

電光火石間，空氣似乎停止流動。

鄭書意上半身完全僵住，一動也不敢動，反而加劇了感官的敏銳，清楚的感覺到時宴的氣息慢慢包圍了全身。

時宴伸手拉住韁繩，雙臂將鄭書意環繞在懷中。

鄭書意：「……」

好像倒也不必如此教學。

時宴發現了鄭書意的僵硬，「怎麼了？」

他語氣很淡，但鄭書意似乎聽出一絲嘲諷的感覺。

她的緊張肯定已經畢露無遺了，這時再遮掩也沒意思。

「沒事。」鄭書意咬著牙，一字一句道，「第一次騎馬，有點緊張。」

時宴「嗯」了一聲。

但莫名的，鄭書意覺得自己後背涼涼的。

為什麼連一個「嗯」字都讓她覺得哪裡不對勁。

在時宴的動作下，馬慢慢走了起來。

餘暉灑在馬身上，隨著馬背的抖動，光暈格外晃眼。

時宴不急不緩，也不說話，散步似的就這麼走向跑道。

鄭書意感覺自己的呼吸已經不順暢了，甚至有些熱，在馬走動時帶起的上下起伏會讓她的頭頂碰到時宴的下巴。

可是鄭書意總覺得哪裡不對。

雖然她跟時宴才接觸了幾個小時，但他的性情已經可見一斑，不應該是這樣的。

正想著，早已騎到遠方的關向成回頭朝兩人揮手，示意他們跟上。

鄭書意還沒來得及有什麼回應，身下的馬突然震了一下，隨即飛奔起來。

她沒控制住驚呼了一聲，在顛簸中抓緊了馬鞍。

馬跑得很快，身下的馬鞍一下又一下撞上來，硌得她兩腿間生疼，加上極快的重力加速度，沒幾下就顛得鄭書意頭暈目眩。

而且時宴有意和她保持一定的肢體距離，手臂並沒有箍著她，所以每一次顛簸，鄭書意都感覺自己要掉下馬了。

「慢點啊！」她緊緊攥著馬鞍大喊，「慢點慢點！」

時宴就跟沒聽見她的話似的，反而越來越快。

就他媽知道他不是什麼好人！

馬也越來越興奮，跨越欄杆的時候就差沒來個一百八十度旋轉，晃得鄭書意眼前一花，一陣陣眩暈。

「你慢點啊！」

「這馬是瘋了嗎慢點啊啊啊！」

幾圈下來，鄭書意並沒有意識到自己尖叫多少次，只覺得嗓子火辣辣的疼，頭髮被風吹得亂糟糟地糊在臉上。

她大概去了半條命，而時宴卻連呼吸都還是那麼平靜。

眼看著前面又是一道欄杆，馬正在極速衝過去，鄭書意全身每一根神經緊繃，心懸到了嗓子眼，眼睛瞪得老大。

「你慢點！」她一把抓住時宴的手背，叫喊聲帶上了哭腔，「求你了！慢點！求求你了！」

溫熱的掌心貼上來的那一瞬間，時宴低頭，恰好看見貼在他胸前，鄭書意的臉已經沒有血色，比耳垂上的珍珠還要白，只有鼻頭因為激動而微微泛紅，眼睫毛上似乎還掛著水汽。

鄭書意沒有感覺到後面的目光，只知道再這樣顛下去她能變身人體噴泉，跟時宴展示一下她中午吃了什麼。

然而就在她胃裡一陣翻湧時，身前的韁繩突然一緊——馬在衝刺時停下來。慣性衝擊力極大，鄭書意整個人往前匍匐，就要撞到馬脖時，後背的衣服忽然被人緊緊拎住。

耳邊呼嘯的風停了，狂奔的馬溫順了，連陽光也變得柔和。

鄭書意再次確定了一下，是的，拎住。

不是抱住、扶住，而是拎住。

然而此時的鄭書意沒有心思去氣憤這個動作有多荒唐，一見到馬停穩了，她立刻翻了下去，也不在乎自己的動作有多狼狽，腳碰到地面的那一瞬間，她彷彿活了過來，連連後退好幾步。

時宴坐在馬上，居高臨下地看著她，好整以暇地把玩韁繩，「不學了？」

「不、不了。」鄭書意兩眼渙散，胡亂地抓了抓瀏海，「我體驗體驗就行了。」

不遠處關向成停了下來，朝這邊張望。

時宴「嗯」了一聲，下來牽著馬朝關向成走去。

看起來溫和極了，似乎剛剛幹出那種事的人不是他一樣。

鄭書意看著他的背影，情緒始終無法平復。

她第三次試圖調整自己的心態。

——幾分鐘後，調整失敗。

惡劣，這個人是真的惡劣。

馬奎斯說的不一定對，至少她連面前這個馬鞍都越不過去。

我不玩了拜拜吧。

與此同時，遠處的兩人不知說起了什麼，關向成望過來，看著鄭書意笑著搖頭。

隨即——如果鄭書意沒看錯的話，時宴似乎也笑了一下。

是笑了一下。

她在心底翻了個白眼，又默默退了幾步。

在這之後，時宴只顧陪著關向成，兩人沒再往這邊來過。

回去的路上，她依然坐的時宴的車，兩人如同來時一樣坐在後排。

騎馬的心理陰影在鄭書意心理久久無法散去，她貼著車窗，抓緊扶手，和時宴中間隔著八百公尺，生怕這車開著開著也顛簸了起來。

但今天的經歷實在耗費她太多的精力，汽車開在十八彎的山路上彷彿變成了搖籃，很快，她便靠著車窗睡了過去。

等她醒來時，車裡只有司機。

車就停在她家樓下。

下車後，鄭書意跟司機道了個謝，便轉身往社區裡走去。

只是沒幾步，她摸了摸耳朵，發現左邊空蕩蕩的。

離開馬場時她還確認過自己的耳環還在的，這時消失，肯定是落在車上了，於是她立刻回頭，「喂——」

車已經開出去很遠。

算了，鄭書意懶得管這對飾品店買的五十元耳環。

第二天早上，鄭書意到公司時，腳步都是虛的。

她剛剛走到辦公區，孔楠就跟她使眼色。等她坐過去了，孔楠急匆匆轉過來，低聲道：「妳沒看手機？怎麼沒回我訊息？」

「群組訊息太多，頂下去了。」鄭書意一邊開電腦，一邊說，「怎麼了？」

孔楠四處看了看，把聲音再次壓低，機關槍似的叭叭叭：「我今天早上去主編辦公室，看見許雨靈交稿，我想她這兩天沒採訪任務啊交什麼稿子呢？我就偷偷去看了她的稿子，妳猜怎麼了？她昨天居然跑去採訪時宴了！」

一聽到「時宴」兩個字，鄭書意就腦仁疼，再摻和上許雨靈的事情，她頭都要炸了。

鄭書意揉了揉眉心，打開電腦：「我知道。」

昨天她也跟唐亦說了。

「我猜妳肯定也知道了。」孔楠又湊近了點，「最氣的是什麼，妳的提綱不是給我看過嗎？然後我看她的稿子，提綱完全是抄妳的啊！」

「……」鄭書意的手突然握緊了滑鼠，瞪大雙眼：「妳確定？」

「我確定。」孔楠嚴肅地說，「我能拿這種事情開玩笑嗎？妳的提綱我幫忙看過，我記得清清楚楚的，不可能看錯，每一個問題都一模一樣。」

「……」

難怪啊，昨天採訪時宴的時候，他會對她提出的問題露出那種匪夷所思的表情。

鄭書意砸一下滑鼠，「砰」一下仰到椅背上，盯著電腦的雙眼幾乎要冒出火。

最近是水逆了嗎怎麼一個個小人都往她身上衝？

「現在唐主編也知道了，看她怎麼說吧。」孔楠拍著鄭書意的背幫她順氣，「妳昨天是不是知道被截胡之後氣得沒睡覺啊？妳看看妳多憔悴。」

鄭書意轉頭，看見另一旁的許雨靈，端著一杯咖啡，正站在窗邊跟行政部的主管閒聊。

她神采飛揚，新做的指甲在陽光下閃閃發光，差點刺瞎鄭書意的眼。

鄭書意喝了一大口水，壓下火氣後，才說：「我只是通宵寫稿子了。」約好的採訪都能被人截胡，她不加班，難道要等對方的稿子都登上去了再屁顛屁顛地交稿嗎？

「啊？」對於鄭書意通宵寫稿，孔楠見怪不怪，但是這句話的另一個資訊重擊了她，「意思是妳還是採訪到時宴了？」

「是的，而且我今天早上也交稿了。」

「哎呀嚇死我了，我還以為妳要吃啞巴虧了。」孔楠頓時笑了，開開心心地轉回去忙自己的事，突然想起什麼，又回頭說，「這麼說起來，時宴人不錯啊。」

鄭書意放在滑鼠上的指尖頓了頓，冷哼一聲。

而後的幾個小時，唐亦回覆了郵件，卻始終沒有聯絡鄭書意，辦公室門口一直掛著忙碌的提示。

鄭書意心裡也明白，這種徘徊於潛規則邊緣上的事情從來就沒有規章制度來約束，事情既然沒有鬧大，唐亦也不想在業績季花費太多時間處理這種事情。

直到五點，鄭書意終於收到了唐亦的返稿意見，批註跟以往的風格一樣，絲毫沒有提其他事情。

現在的問題是，雖然鄭書意也交稿子了，但是許雨靈用了她的提綱，寫了同樣的內容。

不排除一種可能，唐亦或者總編覺得許雨靈的稿子寫得更好，所以最後還是會刊登她的。

鄭書意回頭看許雨靈，她正坐著翻雜誌，神情悠閒，似乎很淡定。

鄭書意就不淡定了。

明明是她的採訪，憑什麼現在要擔心會不會刊登別人的稿子。

又過去了半個小時，鄭書意這邊沒什麼動靜，但許雨靈卻進了唐亦的辦公室。

「我去上個廁所。」鄭書意指了指唐亦辦公室，跟孔楠說，「妳幫我注意注意，有什麼情況給傳訊息給我。」

孔楠比了個「ＯＫ」，鄭書意立刻站了起來。

其實她的動作不大，腿輕輕碰了一下桌角，還是疼得她倒吸一口冷氣。

「怎麼了？」孔楠回頭，「妳小心點啊。」

「沒事。」

昨晚她回家開始寫稿，直到天亮，渾渾噩噩地洗了個澡，也沒注意腿上的情況。

這時這麼痛，肯定是被馬鞍磨得瘀青了。

進了廁所，鄭書意低頭一看，果然如此。

鄭書意扶著門，咬緊了牙，心裡第十八次問候時宴。

當她正打算出去時，廁所門被人粗暴地推開，響動巨大，鄭書意下意識縮回了準備打開隔間的手。

緊接著，進來的人說話了。

如果評選一個公司最容易生出是非的場所，第一名非洗手間莫屬。

比如現在，鄭書意一聽那聲音就知道是誰。

「她真的不是偏袒鄭書意嗎？」洗手檯邊，許雨靈拿著手機，不知道在跟誰通話，「自從鄭書意空降金融組，她分走了我多少蛋糕？前年我拿到三個主版，去年兩個，今年可好了，年底了我還一個都沒有！唐亦她敢捫心自問沒有偏袒鄭書意嗎！」

電話那頭不知說了什麼，許雨靈更生氣了，「別提了！我也是倒楣，鄭書意得到的資訊量比我大得多，一對比我的稿子，時宴就跟隨便打發我似的！」

嗯？

鄭書意以為自己聽錯了，愣了片刻。

所以她昨晚整理記錄本時，腦容量差點爆表，不是她的錯覺。

突然間，腿上的瘀青好像不是那麼疼了，腳步也不是那麼虛浮了。

許雨靈吐槽得認真，完全沒注意到身後的門被人推開了。

「天知道她給人下了什麼降頭，什麼重要的都跟她說了。」

「我沒有下降頭哦。」

許雨靈後背一涼，抬眼的一瞬間，從鏡子裡看見鄭書意站在她後面，正笑瞇瞇地看著她。

這一刻，許雨靈遭受的不止是做壞事被當面抓包的心虛，更多的是靈異層面的驚嚇，臉上的血色以肉眼可見的速度消失。

她手一抖，手機「砰」一下砸到地上。

鄭書意向前走了一步，看著鏡子裡的許雨靈，往她臉邊湊過去，「人家時總只是比較喜歡我而已。」

同時還眨了眨眼睛。

說完，她揚長而去，輕輕關上了門。

在回座位的路上，鄭書意一直笑。

孔楠跟看神經病似的看她，她也不理，彷彿剛剛升官發財。

不過坐下的那一瞬間，她的大腿還是一陣抽痛。

「嘶——」鄭書意扶著桌子，低頭看向自己的腿，那個被她打消的念頭又捲土重來。

這點痛算什麼。

吃得苦中苦，方為小舅媽！

第四章　這是我的傳家寶

鄭書意前腳離開洗手間，許雨靈後腳便跟了出來。

兩人一前一後朝金融組辦公區走回去，只隔了不到三公尺的距離。

若是平日裡，同一個組的人一前一後走出來，不說手挽手這麼親密，也是要肩並肩聊兩句的。

但那時兩人像陌生人一般，一個眉梢帶喜，一個面如土色，不言自明的八卦氣息漫無聲息地從她們周身彌漫開來。

鄭書意在四周同事或明顯或不明顯的打量目光中，淡定地看了看手機，隨後起身朝唐亦辦公室走去。

事情已經塵埃落定，唐亦不用費心思處理她最討厭的下屬紛爭，早上因為收到許雨靈稿子的那股煩躁糾結已經煙消雲散，這時懶散地坐在轉椅上，轉著手頭的筆，笑盈盈地看著面前坐著的鄭書意。

「這事許雨靈做得確實不厚道，我剛剛也警告過她了，給她記上一筆，績效和年終評定都擱在後面了，以後我肯定會杜絕這種情況的。」她看見鄭書意一副不為所動的樣子，又說，「都是同個組的，抬頭不見低頭見，總不可能因為這事開除她是吧？」

在唐亦手底下工作這些年，鄭書意早就知道她處理這些事情就是和稀泥的態度，也不期望她雷厲風行給一個明明白白的交代了。

只是差點被人算計的啞巴虧，即便最後沒有吃下去，那點不忿還是難以自我消散。

鄭書意低頭看指甲不說話。

從唐亦的視線看過去，鄭書意垂著眼睛，捲翹的睫毛蓋住她的眼神，只是微撅的嘴唇還是顯露了她的不滿。

唐亦突然有些無奈，她一個女人都受不了鄭書意露出這種表情，帶了點天然的嬌憨，鬧情緒的時候也像撒嬌，讓人無法狠心拒絕。

她的思緒一發散，又聯想到鄭書意那個前男友。

到底是看上了怎樣一個傾國傾城的絕色，才會捨得不要這個美人？

還是說男人的劣根性就這麼根深蒂固？

辦公室裡出現一陣不同頻的沉默。

唐亦深深陷入那個百思不得其解的哲學問題，直到軟體上來了會議提醒，她才回過神，一邊看訊息，一邊說：「這件事就到此為止好不好？她的稿子也廢了，妳這邊呢肯定是今年Q4重點欄目版面的。」

鄭書意懶懶地「嗯」了一聲，站起來時，又聽見唐亦哄她：「這倒不是補償妳，而是妳的內容含金量確實比她高很多。同樣的採訪對象，差不多的提綱，人和人之間還是有差距的。」

「哦。」鄭書意挑了挑眉，眼裡染上了幾分得意，「沒辦法，我比較討時宴喜歡嘛。」

「行了。」唐亦在整理會議資料的間隙瞥了她一眼。

她那一眼，似乎是在說「妳喝了假酒嗎在說什麼異想天開的話？」

「知道妳在深度挖掘這一方面是我們組最強的，倒也不必謙虛。」

鄭書意：「……」

倒也沒有謙虛，我怎麼就不能是一個靠臉吃飯的人了？

下午金融中心有一個高峰論壇，公司安排鄭書意和孔楠一起過去，路上，兩人的話題自然圍繞著許雨靈的事。

「主編怎麼說啊？」

孔楠看鄭書意臉色不錯，知道這事她應該沒有吃虧，「應該給了處理吧？」

「能有什麼處理？」鄭書意拿著小鏡子補妝，有一句沒一句地說，「唐主編這個人妳又不是不知道，大事化小，小事化了，難不成還能讓許雨靈在國旗下檢討啊？」

「嘖……」孔楠做了個嘔吐的動作，「以前我還是學生的時候參加校園新聞社就出現過這種情況，那個人到現在還是電視臺的當家記者呢，混得風生水起。我們拿這種人沒辦法的，卑鄙是小人的通行證。」

鄭書意雖然沒再接話，卻用力地按著粉撲。

她記仇，沒辦法輕易咽下這一口氣。

二十分鐘後，計程車到達目的地，正在靠邊停車。

鄭書意坐在右邊，先一步下車，孔楠坐在裡面，正拿著包彎腰要出去，外面的鄭書意突然又一股腦擠了進來把她往裡面一推，然後關上車門。

「妳幹什麼！」孔楠差點就四腳朝天地倒在車裡，半個身體靠在座椅上，驚恐地看著鄭書意，「外面的地燙腳嗎？」

「噓！」鄭書意跟她比了個「閉嘴」的動作，坐著喘了口氣。

見鬼，她剛剛居然看見岳星洲了。

在這裡看見岳星洲沒什麼，畢竟是他上班的地方，但他居然是從一輛賓士的駕駛座上下來的。

這麼快就連新車都換了？

一瞬間，鄭書意感覺自己頭上在冒煙。

換做平時，她倒是不怕撞見岳星洲。

只是此情此景，岳星洲開著賓士，而她坐著計程車，過分的人間真實。

見鄭書意不說話，孔楠自己把腦袋探出去一小截，目光往前面一轉，正正好也看見了岳星洲。

他繞到後行李廂，搬了什麼東西出來，隨後才離開。

孔楠眨眨眼睛：「那不是妳男朋友嗎？」

「……」

「我小心求證大膽猜測一下，你們分手了？」

「……」

「而且是妳被甩了。」

「……」

「如果我沒猜錯的話，妳不止是被甩了，而且還被綠了。」

「……」

「好，看來對方新女友還是個有錢人，現在連新車都換上了。」

鄭書意嘆了口氣，看著岳星洲越走越遠，才鬆了口氣，整個肩膀都垮了，要死不活地看著孔楠，「其實妳不必猜得這麼準。」

孔楠對自己分析的結果正確一點也不意外，甚至還有些得意：「在當前的背景下搜集資訊，並全面理解，我要是連這點敏銳度都沒有，就是新聞工作者失格了好吧？」

鄭書意：「……」

直到岳星洲進了一家咖啡廳，鄭書意才打開車門走下來，孔楠緊隨其後。

「哎呀，其實也還好。」孔楠見鄭書意走那麼快，便小跑兩步追上去，還不忘回頭看了停在路邊那輛賓士一眼，「賓士C而已，也就三十多萬吧，算不上多好的車，真的有錢人都看不上的，而且我們努努力也不是買不起的。」

這麼一說——鄭書意也回頭看那輛車，腦海裡卻出現了時宴的身影。

自己一下勞斯萊斯一下賓利換著坐，卻給外甥女買三十多萬的賓士。

這男人不僅摳，還俗。

想到時宴，鄭書意摸著空蕩蕩的耳垂，若有所思。

傍晚時分，江城CBD第一波下班高峰期來臨，行人匆匆，車輛秩序井然。

一輛黑色勞斯萊斯緩緩匯入車流。

時宴坐在後排，摘下眼鏡，閉眼揉了揉眉骨，手邊放著一份會議紀錄。

睜眼的瞬間，他看見旁邊車座上有一個小小的晃眼的東西。

他戴上眼鏡，仔細一看，是一枚珍珠耳環。

時宴將它捏了起來，正思忖著這是誰落下的東西，前排陳盛的手機就響了。

他接通後，「嗯」了兩下，猶豫片刻，然後轉身，將手機遞了過來。

「時總，《財經週刊》的鄭書意記者找您。」

時宴垂眼，將耳環握於手心，另一隻手接過陳盛的手機。

他平靜地應了一聲，那邊立刻接了話。

對方叫了聲『時總』，聽起來帶著一絲慌張。

『我好像把耳環落在您車上了，請問您有看見嗎？就是一枚珍珠耳環。』

時宴重新鬆開掌心。

夜幕即將降臨，天色由昏黃轉為暗沉的深藍，車裡只開著駕駛座的探照燈，餘光透到後排，照得那枚珍珠在他掌心裡盈盈澤潤。

時宴：「沒看見。」

『……』鄭書意頓了一下，接著說，『能不能麻煩您再看看？這枚耳環對我真的很重要。』

「有多重要？」

『……』鄭書意對時宴的腦迴路有點不理解。

這是重點嗎？

算了。

『它是……我外婆給我媽媽的，我媽媽又給了我。』

電話對面無聲。

鄭書意哽咽了一下：『它是我們家的傳家寶。』

對面依然無人應答。

鄭書意深吸一口氣，聲音裡已經帶上了哭腔：『它……是我的嫁妝，未來要在婚禮上帶著它出嫁的，一看見它我就會想到我外婆，我已經很久很久沒有見過她了。』

鄭書意認為這一段表演可以說是含情帶意、楚楚可憐。

電話裡默了片刻，時宴平日裡清冷的聲音帶了點暗啞。

「嗯，現在看見了。」

鄭書意瞇眼笑了，渾身舒展，腳尖碾著地面轉了半圈。

利用耳環獲取見面機會，計畫通。

『那……』鄭書意話不說完，等著看時宴的態度。

對面的聲音平靜響起，「妳的嫁妝是塑膠製品。」

鄭書意：「……」

馬奎斯還說過，我們趨行在人生這個亙古的旅途，就是要在坎坷中奔跑，在挫折裡涅槃。

所以鄭書意決定在此刻的尷尬氣氛中浴火重生。

塑膠怎麼了？它改變了人類的日常生活，成為最偉大的發明，又一度因為環境污染成為最糟糕的發明，是當代梟雄，你看不起嗎？

「我家祖上窮，當時生活苦，種田的，沒見過什麼世面。」

雖然鄭書意的聲音聽起來飽含情緒，但人不在時宴面前，所以臉上毫無波瀾。

『雖然它是塑膠製品，但在當時已經是我家最珍貴的東西了。』

『我外婆拿絲巾裡三層外三層地包了好多年，平時都捨不得拿出來戴。』

『畢竟是塑膠製品，容易壞。』

『不是重要時刻我也不會戴的。』

她一個人說了這麼多，時宴一個字也沒回應過。

鄭書意倚在沙發上，耳邊安靜得連身旁加濕器出氣的聲音都能聽見。

時鐘秒針動了三下，電話裡再響起的是陳盛的聲音：「鄭小姐，您什麼時候要？」

鄭書意：『越快越好。』

陳盛：「……」

鄭書意：『不看見它我都睡不著覺。』

陳盛：「那我幫您送過去？」

鄭書意：『不好意思麻煩您，我自己去取吧。』

陳盛：「……明白了。」

幾分鐘後，鄭書意收到一則簡訊，內容是一串地址。

她盯著那些字看了半晌——博港雲灣，確實是她所知道的那個博港雲灣。

以她對這個地方房價的瞭解，絕對不可能是助理陳盛的住宅，那麼——

鄭書意一個翻身跳起來，衝進臥室。

她打開衣櫃，迅速換下今天穿了一整天的衣服，然後走到梳妝櫃前，在一排口紅裡抓出那隻被人誇過最多次的顏色。

只是當她對著鏡子要上嘴時，心思一動，放下了口紅。

最後她不僅沒有補口紅，反而擦掉了原來的。

夜涼如水，鄭書意坐著車，穿過霓虹籠罩下的車水馬龍，在半個小時後停在了博港雲灣大門。

穿著制服的門衛分別立在兩邊的月臺上，像兩棵小白楊，除了眼珠子哪裡都不動。

鄭書走到門衛室窗口，年輕的保全跟她交涉兩句，隨後登記身分證便放行了。

十分鐘後，鄭書意已經站在時宴家門前，在抬手按門鈴之前，先按了按自己的胸口。

從出門到現在，一路通暢，連塞車都沒有遇上，這讓她產生了過於順利的不真實感。

根據墨菲定律，一般這種時候一定會發生點什麼坎坷，但既然來都來了……

鄭書意理了理頭髮，按下門鈴。

片刻，門緩緩打開，鄭書意垂著眼睛，先笑了，才抬頭。

然而門後空無一人。

哦，自動門。

她收了笑，邁步走進去。

繞過門廊，離客廳還有一段距離，更近的反而是側邊的露天陽臺。

鄭書意的視線原本直直打入客廳找人，但往裡走兩步後，她感覺到一股莫名的存在感的吸引，隨即調轉目光，往左邊看去。

客廳沒有開大燈，濃墨般的夜空作幕，落地燈的光暈照亮一隅，柔和而靜謐。

時宴就坐在燈下，倚著靠椅，雙腿舒展伸直，偏垂著頭翻看手裡的雜誌。

他的眼鏡被鍍上一層細碎的金光，架在鼻樑上，與膚色形成鮮明對比。

鄭書意一時沒有出聲打破這油畫般的一幕。

直到風動，時宴視線離開雜誌，抬眼看過來，鄭書意的長髮正好被風吹起。

兩人的目光遙遙交錯。

她從大門走進來時，夜裡寒氣重，鼻尖被凍得紅紅的。

兩人視線對上，鄭書意上前一步，撩著頭髮，開口道：「時總，我來拿東西。」

時宴抬下巴，示意她自己去桌子那邊拿。

鄭書意立刻轉身走過去。

她眼眸轉動，心裡有許多想法翻湧，而時宴的視線從她的背影上淡淡掃過，終是闔上了雜誌。

那枚塑膠珍珠耳環就擺在一張置物桌上，在夜色裡依然淡淡地發光。

鄭書意伸手時，餘光看見桌後的櫃子上有一堆她很眼熟的東西。

她多看了兩眼，有些不相信。

時宴家裡竟然有幾張宋樂嵐的音樂專輯？

雖然宋樂嵐確實很紅，是華語樂壇殿堂級的流行女歌手，但她今年也四十幾歲了，看起來完全不像時宴的音樂品味。

鄭書意忍不住想回頭看時宴一眼，卻猝不及防對上他的目光。

「……」片刻莫名其妙的沉默後，鄭書意沒有躲避他的目光，並且無比自然地挑起話題，「時總，你喜歡宋樂嵐呀？」

不管他的品味為什麼和他本人的氣質格格不入，反正找到切入點使勁聊就行了。

時宴往櫃子那裡瞥了一眼，還沒應答，鄭書意便又說道：「好巧，我超級喜歡她的，你收藏的這些專輯我都有。」

她說著說著便往他面前走，雙眼彎成月牙，「你最喜歡她哪首歌啊？」

在鄭書意離時宴只有一步之遙時，突然聽到某個房間傳來一陣響動。

鄭書意一驚，沒想到這個房子裡還有其他人。

同時，她才注意到自己身旁的沙發上，放著一件白色羊絨大衣。

旁邊是一個黑色的女包和鵝黃色的圍巾。

來自女人的第六感瞬間席捲了鄭書意的大腦，所有意向都指向一個結果。

這房子裡有女人。

年輕女人。

時宴的女朋友。

絕了，絕了。

鄭書意腦子裡上千隻蜜蜂同時嗡嗡嗡地叫出來。

有女朋友早說啊！

而且有女朋友就算了，她還專撞到人家二人世界的時候進來，回頭連怎麼死的都不知道。

有一種自己要被撕的感覺，鄭書意的臉騰地脹紅，抓起自己的耳環便準備撤退：「那不打擾您了，我先走了。」

時宴靠在桌邊，白襯衫因背脊微躬而多了幾道褶皺，他目光垂下來，打量著鄭書意的表情，「這就走了？」

「太晚了不打擾了。」鄭書意朝他點點頭，轉身就走。

但是走到門邊時，她皺了皺眉，心底的漣漪難以平復。

她前段時間付出的沉沒成本就算了，若真的是有女朋友的，那她豈不是必須中斷計畫了。

沒有得到確定的答案，也很難死心。

所以本來已經伸手準備開門了，她心念一動，乾脆改為扶住門。

隨後，她慢悠悠地回頭，看著還在客廳的時宴。

時宴發現她沒走，也停下腳步，轉身看她。

「那個……」鄭書意臉上的紅暈未消散，連聲音也軟了許多，聽起來似乎即將說一件難以啟齒的事情。

「我來的路上，遇到了一些不方便的事情，能不能跟您女朋友借一點東西？」

時宴抬眉梢：「我女朋友？」

他的回答似是而非，鄭書意當然要打破砂鍋問到底，「房間裡那位，不是您女朋女嗎？」

她看著那房間，緊張感竟然勝過她當初第一份工作面試。

時宴順著鄭書意的意思，回頭往房間看了一眼，收回視線時，極輕地哂笑一聲。

「不是。」

「……」鄭書意渾身都鬆了下來，手心卻依然發燙，喃喃自語：「那就好……」

嚇死了。

時宴驟然抬眼，視線在她臉上逡巡。

閃爍的眼神，脹紅的臉，還有這句別有意味的「那就好」，她的心思已經昭然若揭。

時宴低頭，漫不經心地解著袖口，「哦？好在哪裡？」

鄭書意：？

我怕我被撕啊你說好什麼好？

「就……免得產生一些不必要的誤會。」

「產生什麼誤會？」

鄭書意抬眼，見時宴盯著她看，表情嚴肅得像開會，可是那語氣，她怎麼聽都覺得有些輕佻。

她的聲音弱了下來，不是做戲，而是真的感覺這種情況很尷尬，「誤會……」

鄭書意終究沒能說出口。

垂著眼睛，眼眸轉動，慌得耳根泛紅。

時宴鬆了袖口，手放回褲邊，靠著桌邊，渾身透露著鬆弛的狀態，好整以暇地看著鄭書意，「哦，我外甥女就不會誤會了嗎？」

哦，外甥女啊。

鄭書意鬆了口氣。

等等，外甥女！

這個稱呼像刺一樣扎進鄭書意的腦子裡，刺破所有別有用心的想法，一瞬間，天靈蓋發麻，腳底發疲，指尖都蜷縮，全身上下的細胞都在叫囂著讓她走。

要是這個時候撞見那個小三，那還玩什麼！

與此同時，房間裡響起腳步聲。

鄭書意沒有餘力思考回答時宴的問題，甚至想時間倒轉一個小時，她打死也不來這裡！

「對、對！您外甥女誤會就不好了，那我先走了。」突如其來的慌亂，讓鄭書意說話的聲音都變得奇怪，「您早點休息。」

話音落下的同時，人已經走了出去，順帶還留了一股力把門帶上。

「砰」一聲，落荒而逃的身影消失，室內歸為安靜。

秦時月從書房裡走出來，探頭探腦：「誰來了啊？我怎麼聽見女人說話的聲音。」

時宴收回目光，轉身回到陽臺。

秦時月見他心情似乎不錯的樣子，忙不迭湊上去，「誰呀？女朋友呀？」

時宴坐到椅子上，撈起那本沒看完的雜誌，同時涼涼地瞥了秦時月一眼。

秦時月頓時收聲。

她慢慢蹲下來，討好地看著時宴，「我想過了，要不然我還是先不去上班吧，我去國外遊學？」

「遊學？」時宴眼睛都不抬一下，語氣冷漠到極度，「妳也配得上這兩個字？」

秦時月：「……」

她就不明白了，人為什麼一定要努力？

從國中起，秦時月就有一個認知——她家裡的錢三輩子都花不完。

全家都努力賺錢，總要有一個人來花錢，很明顯她就是那個人選。

於是她心安理得地玩完了高中，化學公式沒背下來幾個，對化妝品成分的瞭解倒是勝過化學老師。

成績自然也是不夠看的，家裡人確實不滿，但也無可奈何，花了大力氣把她送進外國一所名牌大學鍍鍍金。

只是今年，她差點畢不了業。

這個「差點」不是指她的成績差點，而是她找槍手被校方發現。

學校的堅持和時家關係的斡旋交鋒許久，終於讓她堪堪拿了學位證明。

但這一次，連向來溺愛她的秦孝明都黑了臉。

時宴倒是沒說什麼，秦時月也算悄悄鬆了口氣。

畢竟她從小天不怕地不怕，就怕時宴。

誰知沒隔幾天，時宴那邊直接把她安排得明明白白，讓她進入《財經週刊》工作。

到那個時候，秦時月才明白，她的所作所為真的觸到了時宴的逆鱗。

但是上班，對秦時月來說簡直是晴天霹靂。

她都沒為升學考準時上過課，現在要為了一個月幾千塊的實習薪水朝九晚五？

「已經十二月了，舅舅。」秦時月欲哭無淚，「還有兩個月就要過年了，要不然過了年再說吧？」

時宴似乎根本沒聽見她說話。

秦時月自說自話搖尾乞求了許久，最終只換來一句話。

「我們家不養廢人。」

秦時月：「……」

十二月是各大企業校招的時候，《財經週刊》也不例外，今年的全國高校秋招上週才收官，出差的HR和面試官們紛紛回歸崗位，開始準備迎接應屆畢業生的到來。

但《財經週刊》作為從南方媒體獨立出來的老牌傳媒平臺，易出難進，採編部門這個核心職能崗位每年招進來的新人屈指可數。

據說隔壁房地產組的主管沒看上任何一份簡歷。

而金融組這邊，消息傳得也很快，聽說今年收穫不錯，下午就要來兩個。

午飯後，唐亦把鄭書意叫進辦公室。

出來時，她手裡多了一份簡歷。

「什麼情況啊？」孔楠讓她把簡歷給她瞧瞧，「主編的意思是讓妳帶帶新人？」

鄭書意聳肩，把簡歷扔給她，「好煩，我哪有精力啊，每天都忙死了。」

孔楠翻開簡歷，瞄了證件照一眼，「不錯呀，人很漂亮嘛。」

再往下看學校那一欄，挑了挑眉毛，「學歷更漂亮嘛，跟我們總編還是校友，高材生呢，妳在煩什麼？」

鄭書意撐著下巴，眉眼垂了下來，「妳看她的成績和履歷。」

孔楠往下看，綜合積分完全不夠看就不說了，履歷那一欄，連校園歌手大賽都羅列出來，可見實在是沒什麼拿得出手的，整個大學就是混過去的。

這樣的背景，絕對是個富二代跑不掉的。

孔楠把簡歷還給鄭書意，幸災樂禍地笑：「主編對妳可真好啊，把這麼個燙手山芋扔給妳，說不得罵不得的。」

鄭書意乾脆趴到桌子上不說話了。

午休後，HR抱著新的辦公用品走過來，擺放在鄭書意旁邊的空位上，又開始檢查電腦能不能正常使用。

鄭書意看著她的動作，暗暗嘆氣。

她現在既要工作，還要拿出十二分的力氣去搞時宴，哪有精力帶新人？要是個懂事的就算了，但看那簡歷，明顯不可能的。

偏偏唐亦還不准她拒絕，說這個任務一定要給她，說什麼都是為了她好。那語氣誠誠懇懇，魯豫都要相信了。

在座位上煩了二十分鐘後，該來的還是來了。

腳步聲由遠及近，整個金融組的人都回過頭，見HR帶著一個年輕女孩走過來。

女孩遠遠看就漂亮，穿著打扮不細看也有檔次，整個人透露著一股高貴感，只是那雙眼睛裡，似乎沒有初入職場的興奮感，反而像是被員警揪著入獄一般地頹喪。

ＨＲ追求效率，把人帶到鄭書意面前，三言兩語交代了事情便走了。

留下兩個渾身寫滿拒絕的人帶著塑膠笑容自我介紹。

「妳好，我叫鄭書意，合作愉快。」

「妳好，我叫秦時月，請多指教。」

坐下去後，鄭書意又開始忙著修改時宴的採訪稿，一沉進去就忘我，不知過去了多久，孔楠咳了兩聲，示意她看手機。

訊息上。

孔楠：『那實習生都玩了一個多小時手機了，妳還是多少安排點事情給人做啊。』

鄭書意想了想，決定先安排點輕鬆的事情給秦時月。

「小月。」鄭書意遞給她一個錄音筆，「這個給妳。」

秦時月接過後，鄭書意說：「裡面是我前段時間做的採訪錄音，妳把內容仔細整理一下，學著寫初稿吧，下班前給我。」

秦時月心想那不就是聽寫嘛，好吧，還算不麻煩。

她戴上耳機，匯出音訊檔，看到檔案名稱是「時宴採訪錄音 12.10」的時候，愣了一下。

隨即那種被小舅舅支配的恐懼感開始蔓延。

然後，她點開檔案，看見時長一百二十分鐘，恐懼感蔓延到胸口。

再然後，她開始聽。

時宴回答的第一個問題一共三百七十八個字，都是中文，且字正腔圓。

但秦時月一共只聽懂了五十個字。

她僵硬地用手指拉了拉進度條，大概聽了一下後面的內容，差點當場昏迷。

離正月還有兩個月去剪頭髮有沒有效果啊！

第五章　你想見我

在鄭書意眼裡，把這些錄音內容聽寫出來，但凡是接受過大學教育的人都能勝任的。

所以她也沒有多管秦時月，時宴的專訪稿截止日已經懸在頭頂，而她還有許多細節沒有敲定。

自從鄭書意從業以來，她從未在一篇稿子上廢過這麼多精力。

倒不是說她以往不認真，她的分析理解能力與文字組織能力完全能夠駕馭她所接觸到的所有任務，大多數時候還會覺得遊刃有餘。

但這一次的稿件，難度直接跳了過渡階段，讓鄭書意感到很吃力。

時宴的給的資訊量很大確實不假，正因如此，鄭書意對他話語內容的取捨便成了最大的難點。

似乎剪掉任何一處，接下來的內容便缺失了一環邏輯支撐。

每一句話，每一個字的落筆，鄭書意都必須再三斟酌，仔細推敲。

為了專注，鄭書意拿出了很久沒用的降噪耳機，把頻率調到最高，世界瞬間安靜了下來，連空氣流動的聲音都消失了。

秦時月聽了半個小時，文檔僅僅出現三行字，其中很多專業術語還是她連蒙帶猜的，可是聽到後面，實在是聽不懂。

她四處東張西望，隨後輕輕挪動凳子，打算不恥下問。

她湊過去，低聲道：「書意姐？」

對方沒反應。

秦時月吸了口氣，稍微提到了些音量：「鄭書意姐？」

對方連眼睛都沒眨一下。

可以說，秦時月從小到大，從來沒受過這樣的冷遇。

秦時月一屁股坐回去，摘了耳機塞回包裡，俐落地收拾好自己的東西準備走人。

只是手指按到關機鍵時，她清醒了一刻，閉眼做了兩下深呼吸。

向惡勢力屈服。

鄭書意完全沉浸在時宴的思緒裡，再抬頭時，已經六點一刻。

雜誌社的下班時間是六點，但現在的媒體平臺沒有哪家能準時下班。

不過加班終究是加班，氣氛沒有之前那樣嚴肅，有的交頭接耳聊天，聲音不大，正好浮在格子間之上。

鄭書意隱隱聽到有人在討論實習生，便下意識轉頭去看隔壁座位——空的。

椅子已經推進去，電腦也關好了，就連桌面都收拾得乾乾淨淨。

看起來似乎是個很愛乾淨的女孩子。

但是好像不太愛工作。

鄭書意有些無語。

實習第一天就這樣，以後不知道會怎麼作。

她揉了揉眉心，挪動轉椅，靠到孔楠肩膀上，有氣無力地說：「別寫了，陪我聊一下嘛。」

「聊什麼？」

鄭書意剛要開口，身後突然有人輕輕地拍了拍巴掌。

大家循聲看過去。

許雨靈站在那裡，眉飛色舞，身後還跟著一個素顏女生。

「跟大家介紹一下，這是程蓓兒，今天來的實習生，以後大家多多照顧啊！」

她帶著新人過來介紹，很明顯兩人已經有了從屬關係，大家也都很給面子，紛紛跟程蓓兒打了個招呼。

在這和諧的氣氛裡，秦時月那邊的空位顯得有些不和諧。

許雨靈這樣的人精怎麼會放過這種細節，她往那邊一瞟，笑瞇瞇地問鄭書意：「妳那位實習生呢？怎麼不來跟大家認識認識啊。」

兩人之間的嫌隙沒有公開拉扯過，所以在任何公開場合，還都是一副親親同事的模樣。

鄭書意輕輕笑一下，「下班了。」

「這麼早啊……」許雨靈昂著下巴扭頭，朝程蓓兒揚手，「妳繼續忙吧。」

鄭書意：「……」

這個小插曲過去後，加班的同事們又進入了工作狀態，但鄭書意卻很難再集中注意力。她餘光一看見秦時月的空位子，就會想到剛剛許雨靈那隱隱約約趾高氣揚的樣子。

正好她抽空去洗手間，遇到了HR，便隨口問了一下程蓓兒的情況。

國內第一名傳媒類院校畢業，科系成績第一，連續三年國獎，金融雙學位，大三發表的文章就得過全國性大獎。

嗯，鄭書意一點也沒有不平衡呢。

坐回自己位子後，她又聽到後面有人在討論。

「許雨靈那個實習生背景不一般啊，家裡都是金融從業者，背後關係很厲害，姑媽好像是銘豫的高管。」

「是啊，我說她平時挺嫌麻煩的人怎麼主動提出要帶實習生呢，這次可真是撿了個大便宜啊。」

「可怕的是這個實習生背景這麼厲害，人還挺努力呢，才實習第一天就加班，搞得我都很有壓力。」

鄭書意默默地戴上了耳機。

只要不去對比，就不會受到傷害。

與此同時，時家老宅。

秦時月對季節交替向來不敏感，每年都是看見院子裡那棵枇杷樹開花了，才反應過來冬天已經來臨。

晝短夜長的季節，天早早就暗了下來，一簇簇白色的枇杷花擠在枝頭，珊珊可愛。

幾縷花香飄進這老宅，淹沒在飯菜香裡。

飯廳裡，桌上的手機震動了幾次，秦時月沒打開看。

此刻她左邊坐著宋樂嵐，右邊坐著秦孝明。

按理說一家三口聚在一起應該是其樂融融的，但是對面坐著時宴，秦時月怎麼都放鬆不起來。

長桌一公尺寬，餐盤之間立著一列蠟燭，光暈影影綽綽。

「今天第一天工作怎麼樣？」宋樂嵐一邊翻著手機，一邊跟自己女兒搭話。

秦時月沒有立刻回答，偷偷看了時宴一眼，發現他在看手機注意力不在這裡，才小聲說：「不怎麼樣，枯燥死了，第一天就叫我把錄音打出來，我是記者又不是打字員。」

「哦。」宋樂嵐塞了口葡萄，嚼了兩下，又說，「同事們好相處嗎？」

秦時月抿了抿唇，沒說話。

宋樂嵐作為殿堂級流行女歌手，家喻戶曉，但對自己的隱私卻保護得很好。

就連圈子裡也鮮有人知曉她已經結婚生子。

有果就有因，她和女兒相處的時間也少之又少。

此刻宋樂嵐對這個話題不是特別感興趣，正好經紀人打電話給她，她便順勢離開了飯廳。

這時秦孝明才放下手機，接話道：「上司是誰？」

秦時月的聲音變了調，夾雜著幾絲涼氣，「不記得，好像叫鄭什麼什麼。」

燭光跳動，時宴的眼瞼也輕微地搧了一下。

秦孝明問：「鄭書意？」

秦時月挑眉，「爸，你認識啊？」

秦孝明：「接觸過，還可以，妳好好學。」

秦時月把擦手的毛巾丟開，冷冷說道：「我倒是願意學，可是人家願意教我嗎？」

「嗯？」秦孝明的神色終於嚴肅了些，往背椅上一靠，做出一副洗耳恭聽的架勢。

就連對面的時宴也輕輕挑了下眉梢，注意力分散到她這邊。

雖然秦時月是被迫去上班的，但她沒有紈絝到無可救藥的地步，並且十分清楚，自己在這份工作的表現決定了她未來很長一段時間的生活品質。

所以她是想過安分一些的。

但秦大小姐風光了二十多年，走到哪裡不是被人捧著的，前段時間畢業的問題已經是她人生中的滑鐵盧了，學校終歸也沒有當著她的面把話說得太難聽。

而今天，她三次想請教鄭書意，對方都沒給她一個眼神。

就連最後到了下班的時間，她提起包走人的時候，人家也沒有看她一眼。

秦時月沒受過這種委屈，更沒有忍氣吞聲的習慣。

控訴鄭書意的時候，眼睛不知不覺紅了。

當然，她的想法並不單純，帶了賣慘的私心，語氣加重，言辭裡帶了情緒，就是希望有人能心疼心疼她讓她脫離苦海。

說完後，飯廳裡沉默了一陣子。

秦時月收了聲，靜靜地觀察時宴的反應。

時宴將手機反扣在桌上，抬眼看了過來。

只是那麼一眼，便收回了目光，淡漠地用毛巾擦手。

嘴角的那一點弧度，秦時月怎麼看都是一陣害怕。

也不知道她小舅舅是什麼意思，到底有沒有接收到她的賣慘電波。

從辦公室的落地窗望出去，明月高掛，閃爍的霓虹勾勒出獨屬於都市夜晚的風景。

可惜這個時間的加班黨沒有人會去欣賞這一幕。

十點一刻，鄭書意修改完最後的細節，把稿子寄給唐亦後，才揉了揉脖子，收拾東西搭車回家。

這個時間路上有些塞，花了近半個小時才到家。

鄭書意洗完澡躺上床，手機「滴滴」一聲，ERP系統裡出現唐亦的回覆。

她看過了，沒有別的意見，已經遞交給總編。

一連串跡象表明，唐亦對這篇稿子很滿意。

其實鄭書意寫完初稿時，心裡就有了數，自信滿滿，已經能預料到這一刊銷量大漲，網路版閱讀量暴增的場面。

她翻了個身，撐著下巴，晃蕩著雙腿，臉上漸漸露出笑意。

一切都很好呀。

只是掰著指頭數一數日子，時宴那邊的進度，好像慢了下來。

像天氣劇變一般，鄭書意的臉又垮了下來，低低地嘆了口氣。

如果能加到時宴的聊天帳號就好了。

不像現在，她每天都在為怎麼接近時宴而頭禿。

這個男人也真是的，明明第一次見面的時候主動搭訕她，怎麼因為她的一次拒絕，就按兵不動了呢？非要等她去表個白嗎？

思考著這個問題，鄭書意漸漸沉入夢鄉。

第二天，她果然收到了好消息。

總編很喜歡她這篇稿子，已經直接返到時宴那邊，等他最後的審核。

人逢喜事精神爽，鄭書意第二天去公司時，一路上遇到幾個同事，不管男女，都誇她今天看起來狀態特別好。

到了有暖氣的地方，鄭書意便脫了外套搭在手上，襯衫雙肩處綴著淺淺一層流蘇，隨著她的腳步抖落著細碎的光亮，一路帶風地走到位子。

秦時月比她早來了一分鐘，正在塗護手霜時，聽到動靜，抬頭一看。

雖然她很不願意承認，但她的目光確實不由自主地在鄭書意身上停留了足足好幾秒。

看她的頭髮，看她的臉，看她的腰臀，看她流暢纖細的小腿線條……

回過神的剎那，秦時月轉了個身，背對著鄭書意繼續抹護手霜。

鄭書意高高興興地等了一上午，銘豫那邊終於回信了。

她興沖沖地打開郵件。

——不通過。

意見只是寥寥幾筆。

情況出乎預料，但鄭書意還是按照郵件的內容改了一輪。

第二天的回饋意見發過來，還是不通過。

鄭書意開始不淡定，隱隱感覺哪裡不對勁。

到了第三次不通過時，她直接找上了唐亦。

「什麼意思啊？現在直接意見都不給了就是不通過？」

唐亦也沒辦法，「第一次採訪，對他沒有經驗，不知道他要求這麼苛刻。」

說完還冷笑，「妳不是說他比較喜歡妳嗎？」

一股躁動的鬱氣在鄭書意心裡翻滾，有一種說不清道不明的不舒服，導致她很難再平靜地接受這個結果。

鄭書意眼神閃動，沉默片刻後，說：「主編，妳可以給我時宴的電話嗎？」

唐亦抬眼，上下打量鄭書意，「妳想幹什麼？」

「我找他親自問問。」

還不等唐亦細細去思索鄭書意的動機，面前人的人就湊上來，皺著眉頭，一副楚楚可憐的樣子，「亦姐，妳就給我他的電話嘛，這都幾次了，要是再不過就沒有時間了。」

唐亦還想拒絕，手臂突然被抱住，來來回回晃了兩圈。

「好好說話，撒什麼嬌。」唐亦蹙眉，拿出手機，「妳好好問問，看看是不是哪裡得罪了別人。」

鄭書意比唐亦還急切地想知道答案，得到時宴的電話後，立刻去了安靜的陽臺。

然而這一個下午，鄭書意打了三次過去，都是忙線。

她坐在位子上，盯著桌面上的手機。

幾千塊的手機，收不到任何回信。

窗外雷聲陣陣，驚得鄭書意驟然回神，往四周一看，同事全都下班了，只剩她一個人還在這裡。

鄭書意心裡突然一動，拿起包離開公司。

在電梯裡準備叫車時，鄭書意在銘豫總部和時宴的家之間，毫不猶豫地選擇了後者。

黑雲如層巒疊嶂，壓得這座城市透不過氣，隨時會落雨的天氣讓所有人的腳步都變得匆忙。

鄭書意沒帶傘，一路上都擔心會像她和岳星洲分手那天一樣來一次暴雨。

但她今天似乎沒那麼倒楣，至少她剛剛到博港雲灣，進行了來訪登記，走到樓下時，時宴的車就出現了。

車已經緩緩停穩，鄭書意似乎正在走神，完全沒有注意到。

後座的人沒有說話，司機便也沒出聲，靜靜地候著。

天色陰沉，路燈還沒亮起，一樓大廳的燈光只照顧到屋簷一角。

時宴側頭，透過車窗，看著那一抹亮處。

鄭書意垂著頭想著什麼，一動也不動，於昏黃燈光下煢煢孑立，身姿卻依然有一股挺拔感。

她們這一行，著裝打扮永遠要求端莊嚴肅，可是架不住有人能把襯衫、鉛筆裙穿出婀娜之姿。

風突然吹動樹葉，斑駁的影子晃醒了鄭書意，她抬眼看過來，見時宴的車停在前面，眼裡頓時有了奪目的亮光。

車窗的隱私膜如同單面鏡，外面的人看不見裡面的情況，裡面的人卻可以清晰看到外面。

時宴收回目光，摘下眼鏡，低下頭擦了擦鏡片。

待他重新戴上眼鏡下車時，鄭書意已經走到車旁了。

時宴站在面前，沒有說話，只是直直地看著她，等她開口。

有的人看似笑意盈盈，其實內心慌亂不安，根本沒想好要說什麼。

說「您對我有什麼意見？」是不是語氣太強硬了？

萬一人家還真的是呢？

不能給他這個機會。

安靜的住宅區裡，只有微風拂動樹葉的聲音。

幾秒後，時宴耐心耗盡，看了手錶一眼後，單手插入口袋，居高臨下地看著眼前的人，

「到底什麼事？」

鄭書意突然抬頭看著他，眨了眨眼睛。

「我感覺你可能是想見我了，所以來找你了。」

「……」

路燈突然鱗次櫛比地亮起，籠罩在上空的光線把鄭書意臉上的細小絨毛都照得清清楚楚。

短暫的沉默後，時宴沒有說話，反而笑了。

鄭書意被他這一笑，弄得有些後悔。

早知道還不如直接說「您對我是不是有什麼意見」來得直接，至少對方可以給一個「是」或者「不是」的答案。

現在他就在站那笑著，看那笑意似乎也沒到達眼底，換誰誰不怕。

時宴上前一步，靠她近了點，「妳怎麼感覺我想見妳了？」

鄭書意自信地挺著胸脯，把問題拋回去：「那不然您卡我三次稿子是什麼意思？」

這話說得不卑不亢，態度堅決，把這一套邏輯擺得明明白白，有那麼一點洗腦功能。

可不是嘛，我稿子寫得那麼好，連最專業的總編都挑不出毛病。

你給我卡三次，除了想見我，還能有別的理由嗎？

但時宴只是輕描淡寫地說：「不滿意。」

「不滿意？哪裡不滿意？」風吹著，鄭書意攏了攏圍巾，小機關槍似的咄咄逼人，下巴高高昂著，「您一個個指出來，我一個個地改，就不信改不好了。」

她緊緊看著時宴，氣勢一點也不放鬆。

可惜有人不吃這一套。

時宴輕笑，不打算跟她糾纏，邁腿欲走。

一拳打在棉花上，鄭書意吸了一口冷風幫自己提神，然後轉身拉住時宴的手腕。

時宴回頭，見鄭書意昂著下巴，燈光明晃晃地在她眼裡跳躍。

「不然你就是想見我了。」

「……」

一陣無言後，時宴回過頭，目光留在鄭書意臉上，卻一寸寸地抽出自己的手。

鄭書意的手便僵在半空。

沒戲了。

就在鄭書意準備幫自己找一個臺階下下，然後打道回府時，前方的人突然說：「那妳過來。」

鄭書意愣怔片刻，時宴已經轉身走向電梯。

她忍不住，對著時宴的背影露出得逞的笑，隨即小跑著追了上去。

一路上，時宴沒有說話。

鄭書意也識趣地沒有出聲，小心翼翼地維持這份薄冰般的平衡。

她清清楚楚明明白白自己在無理取鬧，但就是不知道身旁這人到底是真落了套路還是逗她玩。

這時要是多說幾句，說不定這份平衡就會被打破了。

電梯到達，時宴走出去。

這一層只有他一戶，四處安靜，沒有他人，顯得兩人一輕一重的腳步聲特別明顯。

時宴按了指紋後，門自動推開。

一路暢通無阻，時宴大步流星，沒有在任何地方停留目光，直接走到客廳的一張桌前，回頭看著鄭書意，食指曲起，在桌上敲了兩下，「坐這，改。」

「……」鄭書意瞬間覺得有些無語。

還真以為我來是改稿子的啊？

她不情不願地走過去，掏出自己的筆電坐下來。

趁著開機的時候，鄭書意偷瞪著時宴。

他把鄭書意安排後就像沒事人一樣，接了個電話，一邊低語，一邊脫了外套，走到一排深色櫥櫃前，隨手拿出一個杯子。

轉身的那一瞬間，鄭書意立刻變臉，眼裡露出嬌羞的模樣。

可惜時宴根本沒看她。

他一手持手機，一隻手拿著杯子，朝酒櫃走去。

鄭書意：「……」

似乎每個男人回到了自己家裡，再服貼的白襯衫都會淩亂。

鄭書意不知道時宴什麼時候解了顆釦子，前襟幾分鬆弛，順延到腰線，便被筆挺的西裝褲收住，一雙腿在這偌大的屋子裡十分有存在感。

他隨手把杯子往桌上一放，拎起醒酒器，一邊倒酒，一邊掛了電話。

端起杯子的那一刻，他回頭，看向鄭書意，「要喝水嗎？」

由於他剛才的一連串行為太閒散，鄭書意一度以為他忘了自己的存在。

這時被他突然一問，鄭書意回過神來，點了點頭，「我想喝你喝的那個。」

「這是酒。」

鄭書意瞳孔黑亮，眼型精緻，靈動含情，她一直很會利用自己的眼神優勢。

她點點頭，抬眼看著時宴的眼睛：「我知道。」

時宴沒再說什麼，倒了一杯給她。

酒杯擱到面前時，和桌面撞出了清脆的響聲，鄭書意在這響聲裡淺淺笑了一下。

然而笑意還沒蔓延開，時宴卻走開了。

鄭書意無言喃喃兩句，端起來喝了一口。

這酒度數並不低，鄭書意是知道的。

但她更清楚自己的酒量。

非常智慧化，可根據她自己的需求做出調整——可千杯不醉，也可一沾就倒。

稿子已經打開了，鄭書意不得不開始幹正事。

而時宴則坐到了窗邊，開一盞落地燈，鬆懈地靠進背椅，整個人沉進這夜色中。

幾分鐘後，手機鈴聲打破了安靜。

時宴聲音不大，但鄭書意卻聽得很清楚。

他接起來，另一隻手還在翻著一本書，語氣隨意：「不用了。」

打電話過來的是秦時月。

她有個朋友前段時間去匈牙利，她便專門拜託人家在那邊的拍賣會上拍了兩瓶百年貴腐酒帶回來。

這時剛下飛機沒多久，秦時月就取了貨，想要送過來給時宴討他歡心。

『啊？為什麼？』秦時月問了句。

時宴抬頭，視線所及之處，落地窗的玻璃映著鄭書意的身影。

他其實可以清晰地看見，鄭書意沒看電腦，在看他。

「不方便。」時宴的語氣鬆散，聽起來絕不是公事上的「不方便」。

秦時月眨了眨眼睛，試探地問：『怎麼啦，金屋藏嬌呀？』

「工作的事情。」時宴收回視線，看著杯子裡的酒，「還有其他事？」

這句話，就是變相的逐客令了。

『那你什麼時候忙完啊，我送過來給你。』

「不用。」

說完便掛了電話。

窗外華燈初上，夜幕下的車水馬龍猶如一幅動態的畫。

室內靜謐，燈光溫柔，兩人都安安靜靜的，唯有輕柔的鍵盤聲時時響起。

過了一陣子，身後的人細細軟軟的聲音傳來：「時總，我改好了，您來看看？」

時宴起身的動作慢了一拍，剛剛回頭，鄭書意就抱著電腦朝他走來。

明明是一雙長腿，細跟高跟鞋勾勒著成熟的曲線，卻笑得人畜無害。

時宴沒吭聲，鄭書意便半蹲在他身旁，把電腦用雙手端到他面前。

時宴單手撈過電腦，放在身側的小桌臺上，手指滑著觸控式螢幕。

看稿子的時候，他餘光一瞥，發現鄭書意也沒站起來，還蹲在那裡，半歪著腦袋看著他。

這個視角看過去，像是把下巴擱在他的腿上。

時宴眼皮跳了一下，「金屋藏嬌」四個字莫名跳進他腦海。

這篇新聞稿有三千多字，時宴瀏覽下來，只花了三分鐘。

牆上時針指向八點，天色已經全黑。

時宴餘光中，看見窗外黑雲層層，似乎是要下雨。

或許是天要留人吧。

「怎麼樣？」鄭書意期待地看著他。

「太囉嗦。」說話的同時，時宴把電腦遞還給她。

鄭書意：「……」

行吧。

鄭書意拿著電腦坐回去，又開始改起來。

這次她是真的較上勁了。

怎麼那麼多要求，怎麼就這麼跟她過不去了。

那邊在奮筆疾書，時宴將腿擱在了置腿凳上，沐在燈光下，閉著眼睛小憩。

綠植的影子在地上輕輕晃動，鍵盤敲擊聲充盈著整個空間，時而急促，時而停頓。

像和風聲合奏，莫名的和諧。

時宴一閉眼就是半個多小時，直到鄭書意再次拿著電腦過來。

時宴睜眼時，先看了手錶一眼。

「精簡了許多。」鄭書意說，「還有什麼問題嗎？」

時宴指著其中一處說：「我說的這段話，不是這個意思。」

「那你是什麼意思？」

時宴掀了掀眼皮：「自己想。」

「……」

「不然我直接幫妳寫？」

「……」

花了半個多小時去琢磨那句話的同時，鄭書意不知不覺把手邊的酒喝完了。

當她再次拿著電腦去找時宴的時候，不覺緋紅已經爬上雙頰。

時宴接過電腦，視線先落在右下角的時間上。

已經很晚了。

半分鐘後。

「行了。」

被打擊次數多了的鄭書意反而有點不習慣：「真的嗎？」

時宴抬眼看過來，帶著一絲酒氣的洗髮精香味不由分說地撲進他鼻腔。

「真的沒地方要修改了嗎？」鄭書意按捺住想冷哼的衝動，依舊笑得甜美可人，但措辭中忍不住想夾槍帶棍，「我還可以再改改，您精益求精，我沒關係的。」

「嗯？」時宴依然是那個姿勢，垂頭看著她，「妳沒關係？妳在一個男人家裡逗留這麼久，妳男朋友也沒關係？」

鄭書意笑容慢慢消失，垂下眼眸，低聲說：「我沒男朋友了。」

時宴抬了抬眉梢。

鄭書意看他好像不相信似的，補充道：「真的，第一次見你那天晚上我回去就跟他分手了。」

「……」

她說這話的時候，生怕他聽不出來自己的意思，還不著痕跡地加重了「第一次見你那天晚上」這個前提。

反正說的是實話，怎麼理解就是時宴的問題了。

時宴沒有立即接話，沉沉地看了她幾秒，「所以呢？」

所以？

鄭書意沒想到他會這麼問。

喝下去的酒開始見效，除了渾身有些熱以外，腦子也有點熱。

鄭書意專注地看著他，眼神裡流露出小心翼翼，手指輕輕拉一下他的袖子。

「那我可以追你嗎？」

說完這句話，鄭書意緊緊盯著時宴，不放過他一絲的情緒。

可是時宴的表情似乎沒什麼波動。

片刻的靜默後，他聲音平靜：「我說不可以，妳就會收手嗎？」

鄭書意脫口便說：「不會。」

時宴：「那妳問我幹什麼？」

第六章　不會打字的文盲

這一晚的雨還沒下下來，但雷聲不絕於耳，忽近忽遠，偶爾一道平地驚雷打下來，嚇得路邊的小貓到處亂竄。

鄭書意剛走出大樓，一陣風挾裹著落葉吹過來，刺骨的冷。

陰沉沉的天伴著雷聲，加重了涼意，鄭書意呵了口氣，默默裹緊了圍巾。

從這裡走到大門有幾百公尺距離，雖然路燈照著，但鄭書意還是下意識地加快了腳步。

大路寬敞而開闊，沒有車輛駛來也沒有障礙物，一眼能看到盡頭的探照燈。

明黃燈光下，鄭書意看見一個女人迎面走來。

她穿得張揚，黑色短外套毛茸茸的，而且高跟鞋踩得咚咚咚的，手裡拎著一個小皮箱，很難不引起別人的注意。

鄭書意凝神看了幾眼，即刻分辨出來人是秦時月。

在這裡看見她，一點也不意外，畢竟是富二代，可能就是住這裡，也可能是過來找朋友親戚。

但是秦時月在這裡看見鄭書意就有點意外了。

她走近一些，直到兩人只有兩公尺遠時，才確定自己沒看錯。

這個距離，有些不尷不尬的，想當做沒看見直接繞開也不可能了。

正糾結時，鄭書意目光鎖定她：「巧啊，妳怎麼在這？」

「哦……」秦時月下意識回答，「我來找人。」

天氣實在太冷，鄭書意無意站在這裡跟她閒聊。

「今晚淩晨可能會下雨，妳明天上班的時候別忘了傘。」

交代之後，兩人點點頭，各自朝著原來的方向走了。

但秦時月一步三回頭，不停地看鄭書意的背影，嘴裡念念有詞，「她怎麼在這裡……」

這個疑惑很快被寒風吹散。

站到時宴家門口，秦時月把小皮箱捧到胸前，對著門廊的鏡面露出一個諂媚的笑容，正要按門鈴時，她突然愣了一下，又垂著眉眼，擺出一副疲憊不堪的模樣。

沒多久，門自動開了。

「舅舅。」秦時月拖著腳步走進去，「你忙完了嗎？」

沒人回應，秦時月探著腦袋四處張望。

客廳、走廊，都沒有人。

人呢？小嬌嬌呢？

四處沒有留下什麼痕跡，只有桌上放著一個玻璃杯。

秦時月視力好，一眼看見杯口的口紅印。

果然有小嬌嬌。

她腦子裡突然冒出一個想法。

剛剛在路上遇到鄭書意，會不會就是因為她今晚一直在時宴家？

而且她這幾天見鄭書意一直在寫時宴的採訪稿，所以兩人應該是認識的……

「妳在幹什麼？」

身後突然傳來時宴的聲音，秦時月嚇了一跳，抱著小箱子連連退了幾步。

時宴從房間出來，手裡拿著睡衣，沒看秦時月一眼，直接往浴室走去。

「舅舅！」秦時月抱著小皮箱蹬蹬蹬地跑過去，「你一個人嗎？」

時宴停下，看了眼她手裡的東西，問道：「這麼晚了妳不回家？」

「我送酒給你。」秦時月打開箱子，把裡面的東西展示給時宴看，「我想了想，說不定接下來幾天還是要加班，都沒什麼時間，就趕緊把好東西送來給你。」

送個酒，隨便打發個人就能辦到的事情，非說得她必須親力親為的樣子。

這話裡的賣慘資訊，時宴這幾天聽了太多次，早已免疫。

「放到那邊。」時宴指了指酒櫃。

秦時月立刻殷勤地走去，緊接著就聽到時宴又說：「然後回家。」

「……」

酒放好了，秦時月哭喪著臉準備打道回府。

但是和時宴擦肩而過時，她餘光瞥到桌上的玻璃杯，直接問道：「舅舅，今晚你家裡有客人啊？誰啊？」

秦時月問完就後悔了。

透過鏡片，她看見時宴目光沉了下來，宣示著耐心告罄。

「舅舅你早點休息。」

臨走前，秦時月還不忘再補充一句，「我今天八點多才下班，還沒吃飯，我也回家吃點東西吧。」

等她不見了，時宴的目光才緩緩落在那個玻璃杯上。

杯口晶瑩剔透，在燈光下，一抹淡紅有些模糊。

這夜的雨終是在鄭書意到家的時候落了下來，還算幸運，沒有淋雨。

她快步走回房間，脫了外套，坐在床上發了下呆。

窗外雨聲潺潺，襯得室內格外安靜，讓人容易陷入某種情緒裡。

突然，手機響了一下，鄭書意掏出手機，螢幕上直接彈出一則訊息提醒。

她心頭猛地跳了一下，思緒回到半個多小時前。

時宴問完後，她怎麼回答的？

大概是腦子一抽，盯著他說道：「這不是走走流程給你一點尊重嗎？」

這句話的下場便是，時宴下了逐客令。

這種情況下，鄭書意當然不會在人家家裡賴著不走。

她俐落地收拾了東西，走到門口時，朝窗邊的時宴揮揮手。

「時總晚安。」她歪頭，長髮如綢緞般從肩頭垂落，「我回去加你好友呀。」

時宴不作聲，回過頭來，與鄭書意遙遙相望。

隔得太遠，鄭書意看不清時宴的眼神，於是決定活在自己的精神世界裡。

「你無聊的時候我陪你聊天。」

「我很會聊天的。」

「梗圖超多那種。」

她看見時宴的嘴角扯了扯。

下一秒，他抬手，從小桌上撈了什麼東西。

緊接著，鄭書意身後的門就自動打開了。

鄭書意：「……」

她的笑容僅僅保持到走出大門的那一刻。

回家的路上，她的心情很沉重。

但是回到家裡，她仔細想了想，覺得情況其實是好的。

至少，時宴沒有說不給她追呀！

那就當他默許了。

而此刻的訊息提醒，說不定就是他傳來的好友驗證訊息。

於是鄭書意也不急著去洗澡了，彷彿看見了勝利的曙光，在床上打了個滾，興沖沖地滑開螢幕。

內容彈出來的那一刻，她愣了愣。

哦，不是時宴傳來的好友申請，而是一個大學室友傳來的訊息。

畢若珊：『意意，妳跟岳星洲分手了？』

鄭書意：『嗯。』

畢若珊：『妳怎麼沒說？』

鄭書意：『這段時間太忙了，沒顧得上。』

鄭書意：『妳怎麼知道的啊？』

畢若珊：『我看見他發的動態了，跟一個女的合照。』

鄭書意沉默了一下。

鄭書意：『給我看看。』

畢若珊立刻把照片傳給她。

圖中，兩人依偎在一起，秦樂之咬著勺子，手指捏著岳星洲的下巴，笑得都很甜。

雨越下越大，劈哩啪啦打下來，伴隨著雷聲，彷彿要把天捅破。

鄭書意退出照片時，畢若珊已經接連傳了好幾則訊息給她。

畢若珊：『我看他當初那股非妳不可的模樣還以為是個絕世好男人呢。』

畢若珊：『而且這女的長得一般啊，他瞎了嗎？我一開始還不敢相信以為是妹妹什麼的？』

畢若珊：『這世界魔幻了，放著校花不要去找個這樣的女人？』

其實平心而論，秦樂之長得不醜，皮膚白，臉小，下巴尖尖的，還有一雙丹鳳眼。

換做別人，會覺得是個清純小美女。

只是在畢若珊眼裡，大學四年天天看著鄭書意這樣的明豔大美人，秦樂之這種清湯小菜就不夠看了。

畢若珊：『你們怎麼分手的？』

鄭書意：『他劈腿了。』

畢若珊：『？』

畢若珊：『就劈這女的？』

鄭書意：『嗯。』

畢若珊：『我看他是腦子劈了吧？』

鄭書意：『因為這個女的家裡很有錢。』

畢若珊：『喲，這是飛上枝頭變鳳凰了。』

畢若珊：『這個故事告訴我們，鳳凰男不能理，他說涅槃就涅槃了！把妳燒死都不知道怎麼回事！』

和畢若珊結束對話後，鄭書意腦子裡嗡嗡作響。

有人同仇敵愾，那種情緒就會被無限放大。

她坐起來，捏著手機平復一下呼吸，打開軟體的通訊錄。

看了一圈，沒有時宴的好友申請。

行。

她又複製時宴的手機號碼，依然搜不到他的帳號。

看來是設置了無法透過號碼添加好友。

鄭書意牙癢癢，只能打開全是驗證碼和垃圾訊息的簡訊欄，傳了一則簡訊給時宴。

鄭書意：『我到家啦^_^。』

鄭書意：『時總你休息了嗎？』

直到洗完澡出來，簡訊欄裡也沒有動靜。

深夜，鄭書意被某種意識牽引著，迷迷糊糊地醒來。

她伸手在枕頭底下摸出手機，半瞇著眼睛打開簡訊看了一眼，時宴依然沒有回覆她。

她的雙眼快支撐不住，手機從掌心滑落時，人也澈底睡過去。

過了一陣子，枕邊的手機終於震動了一下。

即便是這麼小的動靜也驚醒了鄭書意。

她的眼睛實在睜不開，瞇了一條縫，掏出手機一看，是來自時宴的簡訊。

鄭書意欣喜若狂地打開簡訊。

時宴：『TD（退訂）。』

鄭書意慢慢睜大了眼睛，緊緊盯著螢幕。

好一陣子，她才反應過來這是什麼意思。

啊啊啊時宴你有毒吧！

鄭書意氣急敗壞，用力把手機扔出去。

隨著「哐噹」一聲巨響，鄭書意猛然睜開眼睛。

黑暗中，她又眨了眨眼，漸漸看清了透過窗簾照進來的光亮。

意識漸漸回籠，她又伸手去摸枕頭。

手機還在，安安靜靜地，沒有任何新進訊息，時宴的簡訊對話欄裡，依然沒有回覆。

原來剛才只是一場夢。

時宴沒有真的回覆她「ＴＤ」，什麼也沒回。

可鄭書意還是被夢裡的時宴氣到不行。

夜半無人，大雨滂沱，一支刻著銘豫銀行標誌的簽字筆被鄭書意折斷，準確地砸進垃圾桶裡。

清晨，雨初歇，雜誌社的人陸陸續續來上班，進門抖抖雨傘，拍拍衣服，帶來了一股股寒氣。

鄭書意夜裡沒睡好，早起發現自己有些憔悴，便特地敷了面膜，出門晚了，幾乎是踩著時間進的辦公室。

她的精神不太好，完全沒有注意到秦時月看了她好幾眼。

雖然沒有證據，但秦時月總覺得，昨晚待在時宴家裡的人是鄭書意。

直到中午，秦時月去樓下拿阿姨送來給她的午飯，在休息區，她聽見幾個人的閒聊。

「鄭書意也太慘了吧，被銘豫那邊卡了好幾次稿子。」

「也不知道是不是得罪人了。」

「肯定是吧，她稿子品質很高的，從來沒有被誰卡過。」

「我看她這幾天每天下班都帶著電腦走，應該沒少熬夜吧。」

「對啊，感覺人都瘦了一圈，真的太慘了。」

秦時月仔細琢磨了幾分鐘。

她心知肚明，時宴安排她來這裡，是因為畢業的事情做得太過分，想磨一磨她的性子。

既然要她歷練，自然不會把她的家庭背景擺出來，僅有雜誌社幾個高層知道。

否則人人捧著她，她就只是換一個地方當公主胡作非為。

但歷練歸歷練，並非不要原則了。

時家何等地位，時宴何等身分，向來高高在上目中無人慣了，自然不會允許有人這樣苛待欺負他的小外甥女。

那天她在家裡賣慘，意不在針對鄭書意，只是想趕緊離開這個地方。

但現在這個結果，至少說明時宴還是護著她的。

秦時月長舒了一口氣，因為上班帶來的煩悶消散了不少。

同時她也確定，昨晚在時宴家裡的小嬌嬌肯定不是鄭書意。

時宴的採訪稿過了後，鄭書意的生活相對輕鬆了些，有事沒事就傳簡訊給時宴。

連續幾天，早安午安晚安，一句不落。

沒事還跟他碎碎念幾句。

雖然他從來沒回過。

於是鄭書意幫他改了個備註——不會打字的文盲。

這樣安慰自己，心態就好多了。

這天下午開例會，例行工作彙報後，唐亦說到後天有銘豫銀行的發表會。

「鄭書意，這個發表會妳去。」

鄭書意問唐亦：「有哪些人出席呢？」

唐亦翻了翻電腦裡的資料，報了一串名字給她。

有時宴，這應該是時宴首次公開出席發表會。

鄭書意立刻笑著點頭：「好的。」

散會時，唐亦才又補充道：「哦對，鄭書意，發表會把秦時月也帶上吧。」

鄭書意應下了。

不過她去通知秦時月時，明顯感覺到她不願意卻又不得不答應。

鄭書意其實不太明白像秦時月這樣的富二代為什麼要來這種收入不高的公司上班。

更不明白她為什麼要強迫自己去這個發表會。

其實她真的不想去，就跟唐亦說一聲就好了，唐亦向來是個好說話的上司，不會在這種小事上為難人。

到會場的時候，秦時月連頭髮都寫滿了拒絕，不知道的還以為是來奔喪的。

今天來的記者比往常多，其中以男記者為主。

鄭書意站在後排，視線被黑壓壓的頭顱蓋住，便拉著秦時月往前排擠。

「幹什麼幹什麼？」秦時月很慌張，卻又不敢大聲說話，「後面不是有座位嗎？妳去前面要幹嘛？」

鄭書意：「後排聽不清楚。」

「不是、喂、妳……」

秦時月不敢弄出大動作，只能任由鄭書意拽著她往前走。

偏偏這些男記者一看到鄭書意，紛紛為她讓路。

甚至有兩個男的還把他們第一排的座位讓了出來。

一落座，鄭書意還沒放東西便抬頭朝舞臺看去。

藍黑色的桌上擺了七個名牌，而正中間那一個，刻著「時宴」兩個大字。

鄭書意長呼了一口氣，彷彿有一種塵埃落定的感覺。

有人歡喜有人愁。

秦時月最討厭發表會什麼的，枯燥又無聊，比搖籃曲還催眠，就跟聽天書一樣，一個字都聽不懂。

所以她很不想坐在前排，以免自己打瞌睡的時候被時宴發現。

會場寬敞，卻人山人海，四處說話聲不斷。

終於，在主持人的介紹聲中，發表會正式開始。

內場大門打開，主舞臺燈光明亮，時宴闊步而來，身姿頎長挺拔。

攝影師向來對視覺最為敏銳，幾乎在時宴出現的那一刻，神經便被自然調動，四個機位的快門聲起此彼伏，你追我趕，爭相抓拍。

他在眾人的目光中坐了下來，垂頭理了理手錶。

再抬頭時，他看向第一排。

視線有一瞬間交錯。

鄭書意迎著他的目光，眼神不閃不躲，直勾勾地看著他。

就這麼對視了片刻，時宴抬了抬眉梢，目光輕飄飄地轉向其他地方，沒什麼情緒。

鄭書意默默地嘆了口氣。

其他與會人員魚貫而入，現場除了快門聲幾乎沒有其他響動。

鄭書意低頭打開電腦，擺上桌面，再抬頭時，她看見時宴在看手機。

鄭書意立刻也拿出手機傳簡訊給他。

鄭書意：『時總今天超帥！』

鄭書意：『超A！』

鄭書意：『今天的會場不是新聞發表會，是你的魅力發表會！』

鄭書意：『雖然此刻我不能開口說話，但我已經在內心為你尖叫！』

四則簡訊連續傳出去。

鄭書意悄悄抬眼，看見時宴微不可查地皺了皺眉。

他果然看見了。

鄭書意抓起手機，又是一頓輸入。

鄭書意：『我寧願左腳穿上高跟鞋，右腳穿上塞滿石子的皮鞋，走上萬里去攀登珠穆朗瑪峰，也不願見你皺眉。』

傳完後，鄭書意看見時宴倒是沒有皺眉。

他直接把手機反扣在桌面上。

「噗……」鄭書意突然有一種很解氣的感覺，嘴角勾起一個小小的弧度。

只是她還沒來得及收住自己的笑意，一抬眼，便對上時宴的目光。

這一次，他不再是輕飄飄的眼神。

鏡框追著冰涼的光，鏡片後的眼眸深幽漆黑，緊緊盯著一個人時，一股壓迫感便無形的縈繞在鄭書意身邊，帶著警告的意味。

鄭書意莫名就怕了，唇角的弧度消失，心虛地垂下頭。

像一個惡作劇被抓等著挨罵的小學生。

發表會如期開始。

時宴是第一個發言的人，但他這一環不設置記者提問環節，所以緊接著身旁的執行官便開始新一輪的發言。

鄭書意飛快打字，間隙瞥了身旁的秦時月一眼，卻見她垂著腦袋，臉頰有些紅，整個人呈現一種很緊張的狀態。

「妳怎麼了？」鄭書意低聲問，「不舒服？」

秦時月飛快地看了舞臺一眼，「我沒事。」

「妳要是不舒服就跟我說。」鄭書意靠近一些，「還是不習慣這樣的場合？」

秦時月有些煩，但沒辦法否認現在的緊張，於是蹙著眉說：「時總在看我，我莫名有點害怕。」

聞言，鄭書意抬頭，果然再一次和時宴的視線相撞。

他似乎並不介意鄭書意發現他的打量，神情沒有任何變化，也沒有移開目光。

「別緊張。」鄭書意拍了拍秦時月的手，「他看的是我。」

秦時月：？

還挺自信。

發表會確實漫長且沉悶。

秦時月又睏又緊張，完全聽不懂這些人在說什麼，徘徊於想睡和不敢睡之間。

堅持了近一個小時後，她實在受不了了，跟鄭書意說她不太舒服要去外面透氣。

鄭書意沒有攔她，很快，身旁的位子便空了。

一個來晚了沒有座位的男記者在走道上站很久了，見有人拿著包離座，便弓著腰走了過來，「請問這裡還有人坐嗎？」

鄭書意想著秦時月是不會回來了，於是搖搖頭。

男記者坐了下來，時不時看向一旁專注打字的鄭書意。

又是半個多小時過去，進入記者提問階段。

發言的記者提問沒什麼內容，偏偏語言又冗長，臺下很多人都不耐煩了。

鄭書意旁邊的男記者看了她身前掛的胸牌一眼，角度問題，看不清名字，只能看見《財經週刊》這個 Title，於是問道：「妳是《財經週刊》的記者？」

「嗯。」鄭書意點頭，打完手頭一段話後，才側頭看他，禮貌性地回問，「你呢？」

「我是《江城日報》的記者。」他笑道，「我剛畢業的時候在《財經週刊》實習過。」

鄭書意「喔」了一聲。

男記者手指緊張地摳了摳鍵盤，又道：「那時候我的組長是唐亦，妳認識嗎？」

「嗯，她也是我現在的主編。」

「噢，她都成主編了嗎？」男記者喃喃道，「我叫賀博明，妳呢？」

「鄭書意。」

「噢，就是妳啊。」賀博明笑道，「我看過很多妳的文章，寫得非常好。」

「嗯，謝謝。」

「那個，我們加個好友吧，以後有什麼資訊也可以互相支會一聲。」

說完這句話，主持人宣布進入中場休息，於是鄭書意便轉過去跟他說話，「嗯，好的。」

這種日常社交，又涉及到工作利益，多一個朋友多一個資訊管道，鄭書意自然不會拒絕。

她拿出手機，打開軟體的時候問道：「我掃你還是你掃我？」

「我掃妳吧。」

「好。」

鄭書意又打開QRcode，把手機螢幕對著賀博明。

賀博明拿手機的時候，鄭書意微微轉了轉下巴。

她總覺得有一道視線在自己身上。

掃完，她退出畫面，打開「新的好友」畫面的同時，那股對視線的感覺越來越強。

她倏地抬頭，見時宴依然坐在原位，目光果然落在她身上。

兩人的目光在鄭書意的意料之外相交。

頂頭的燈光直直地照著他，在他的鏡框投下一片陰影。

他明目張膽地看著鄭書意的眼睛，眼神有些漫不經心，卻又隱隱透著一股威懾力。

鄭書意張了張嘴，正想說話，就見他將手裡的鋼筆一放，他的聲音伴隨著鋼筆與桌面輕輕相撞的響動一同傳來。

「鄭書意。」

這是鄭書意第一次聽見他叫她的名字。

他竟然記得她的名字。

很普通的三個字，每天要聽無數遍的三個字，從他嘴裡冷冷淡淡地念出來，卻讓鄭書意心頭猛跳了一下。

她怔怔地望著時宴。

「過來。」他丟下這兩個字，起身離開舞臺。

第七章　我的心

會場裡人頭攢動，但時宴所在之處，無人敢貿然親近。

所以他的聲音，清清楚楚地傳到鄭書意耳裡。

腦子裡愣了幾秒，鄭書意也不知道時宴突然叫她幹什麼。

有事？他找她能有什麼屁事。

直到四周的人目光都落在鄭書意身上，賀博明也伸長了脖子，露出好奇的目光，戳了戳她的手臂，「他叫妳過去欸。」

鄭書意扭頭看他，眨了眨眼睛，一個想法像豆芽一樣突然從心底冒出來。

她繼續打量著賀博明，那顆小豆芽也探頭探腦地生長。

最後目光定格在手機聊天畫面。

鄭書意聽到腦子裡「轟」一下，小豆芽炸成煙花。

時宴他不舒服了！他吃醋了！他酸了！

鄭書意在腦海裡歡天喜地打了三個滾後，整理好頭髮，踩著高跟鞋，端莊地，一步步地朝內場大門走去。

她伸手推門的時候，歡喜的笑容是由衷的。

她現在太開心了，要不是考慮到場合不對，她能原地再打三個滾。

內場休息室與外場似乎是兩個世界。

窗明几淨，只需日光便照亮整個房間。

幾座沙發列次擺放，地上鋪著軟地毯，桌邊圍站著幾個年輕男女，身著正裝，手裡拿著iPad和資料夾，低頭密語。

房間裡除了他們的輕言細語，不再有別的響動。

鄭書意追上時宴，問道：「找我什麼事呀？」

時宴沒有立刻說話，他指了指鄭書意身後的沙發，「坐。」

鄭書意依言坐下，還是滿懷期待地看著他。

快！說你吃醋了！

時宴低頭，視線輕輕掃過她的臉龐。

他看著鄭書意，卻不說話，因為他自己也不清楚叫她過來的原因。

鄭書意笑著問：「叫我過來什麼事呀？」

她臉上的洋洋得意藏不住，就差把心裡的想法寫在臉上了。

時宴於心底輕嗤，掀了掀眼瞼，漫不經心道：「妳旁邊那個女記者呢？」

「什麼？」鄭書意眨了眨眼睛，彷彿沒聽懂這句話。

時宴重複一遍：「跟妳一起來的那個女記者。」

鄭書意表情凝滯，唯有太陽穴突突跳了兩下。

大腦的神經緊緊繃著，在她理解到時宴是什麼意思的時候，倏地斷裂。

叫她過來，是為了打聽秦時月？原來他方才看的方向還真是秦時月？

鄭書意深吸了一口氣，「哦，你找她嗎？她現在不在，需要我幫你叫她嗎？」

時宴點頭。

鄭書意咬著牙，慢吞吞地摸出手機。

沒有秦時月的好友，鄭書意直接撥通了她的電話。

秦時月此刻就在會場外面的咖啡廳裡，四周人不少，但整體環境乾淨安靜。

坐在高腳凳上，無人打擾，她玩了半個多小時手機，覺得舒服多了，就這樣待到發表會結束也不錯。

誰知鄭書意突然一個電話打來。

秦時月的心跳突然加快，連頭皮都開始發麻。

該不會是要抓她回發表會了吧……

『喂。』鄭書意幾欲開口，話到了嗓子眼，吞吞吐吐幾次，才說道：『小月，妳在哪啊？』

「就外面的咖啡廳。」秦時月頓了一下，補充，「我可沒走啊，只是裡面太悶了出來透透氣。」

『哦哦，妳已經走了啊。』

「？」

『沒關係沒關係，不用那麼麻煩。』

「？？」

『嗯嗯，妳好好休息，那我掛了啊。』

「？？？」

鄭書意輕輕地呼了一口氣，再轉回身時，臉上擺著一副「你看我沒辦法咯」的表情。

「時總，她人已經走了。」

時宴：「去哪了？」

啊啊啊你管人家去哪了！

鄭書意：「她身體不舒服，回家了。」

說這話的時候，鄭書意的表情十分精彩。

明明氣得要死，卻要裝出一副雲淡風輕的樣子。

時宴看向窗外，陽光刺目，他瞇了瞇眼睛，掩住一抹笑意，「她哪裡不舒服？」

啊！

啊啊！

啊啊啊啊！

關你屁事啊！

鄭書意本想說不知道，但是越想越氣，實在忍不住。

「她有總裁恐懼症。」

「……」

「她看見你這種大人物就喘不過氣。」

「胸悶氣短。」

「噁、心、想、吐。」

「……」

鄭書意負手，抬起下巴，理直氣壯地說：「我就不一樣了。」

「我看見你就心花怒放。」

「欣喜如狂。」

「興、高、采、烈。」

「……」

這時，陳盛敲了敲門，探身進來，「時總，發表會繼續。」

時宴看了手錶一眼，出門時，視線輕輕掃過鄭書意，意味不明。

又是一個多小時過去，秦時月還沒回來。

對這個結果，鄭書意一點也不意外。

她現在滿腦子都是時宴剛剛問的那幾個問題。

旁邊的賀博明幾次跟她說話，她完全沒注意到，一個人愣愣地看著電腦。

直到發表會結束，最後的採訪階段。

記者們全都擁簇上去，一個個麥克風密密麻麻地架在舞臺前。

觀眾席上，鄭書意孤單的身影顯得很突兀。

她沉默著，眼尾下垂，嘴瞥著，非常懷疑人生。

難道她是拿了炮灰女配劇本嗎？

處心積慮地勾引，結果最後時宴被萬般不情願來的秦時月吸引了目光。

八點檔現在都不這麼寫故事了好不好。

等她回過神，站起來往舞臺看去。

黑壓壓的人頭中，已經沒有時宴的身影，不知道什麼時候跑了。

鄭書意悶悶地站了一下，拿著包走了出去。

舞臺那的架勢，她肯定是擠不進去了。

所以此刻只有她離開了會場，外面還很空蕩，幾乎沒什麼人。

正因如此，鄭書意一眼就看見了時宴。

以及站在他對面的秦時月。

今天沒有太陽，風很大很冷，鄭書意差點原地昏迷。

她沒想到命運居然真的這麼愛捉弄她，光天化日之下，會場裡面還有那麼多記者，時宴他居然就這麼堂而皇之地站在廣場上勾搭女人。

還要不要面子了！你就這麼缺女人嗎！

空曠的廣場上，一陣風颳過，地面零散的傳單被捲起，飄飄蕩蕩地落於兩人腿邊。

鄭書意遠遠看見秦時月的頭髮被揚起，兩人在風中低語。

沒多久，兩人大概是聊完了，秦時月點了點頭，轉身走向她的車。

時宴似乎也沒對她的背影多作留戀，轉身朝相反方向而去。

鄭書意就站在臺階上，直勾勾地看著這一幕。

遙遙相隔，鄭書意看不清時宴的表情，也不知道說什麼。

她怕她一開口就想仰天大問自己為什麼這麼慘。

時宴走了幾步，感覺到什麼，腳步一頓，隨即側頭看過來。

目光相撞的那一刻，鄭書意掉頭就走。

不管怎麼樣，這個時候和時宴撞見，還是有夠狼狽的。

廣場上只有遠處的鳴笛聲，風颳過建築物的聲音都能聽到，所以是個很安靜的環境。

但是鄭書意完全沒有聽到身後有腳步聲。

時宴他，這就走了嗎？

她腳步慢下來，慢吞吞地回頭。

——時宴沒走，他還站在那裡，只是不知道什麼時候他的車已經停在他身後了。

他半倚著車，寬肩長腿，身形線條被西裝修飾地俐落乾淨。

只是他的神色，不那麼正經，正懶懶地看著鄭書意。

靠。

鄭書意感覺他像是在釣魚一般。

不，劇本不是這樣的。

鄭書意收回目光，彷彿沒看見他似的，繼續往前走。

她一邊走著一邊在想，時宴到底什麼意思。

——人沒走，站在那裡看著她，又不出聲，好像是等著她主動掉頭一樣。

不可能的，你休想。

可是她爭一口氣的想法剛剛冒出來，腳步突然一頓。

為什麼這個通道盡頭是一堵牆！

前有銅牆鐵壁，後有時宴。鄭書意唯有怔怔地站著，一動也不動。

不知過去了多久，身後終於有不急不緩的腳步聲響起。

隨後，時宴的聲音傳來，「妳站在這裡幹什麼？」

鄭書意：「……祈福。」

「……」短暫的沉默後，聲音再次響起，「走了。」

鄭書意：「慢走不送。」

她還是倔強地看著那堵牆。

直到手腕突然被人拉了一下。

「我送妳回家。」

鄭書意覺得，自己但凡有一點骨氣，這個時候就應該狠狠地拒絕時宴。

誰要你送？我沒腿嗎？你剛剛不是搭訕得很開心嗎？嗯？

但她一轉身，看見時宴的臉，以及後面的車，立刻改變了主意。

最後，鄭書意是懷著「忍辱負重」、「臥薪嚐膽」的心情上的時宴的車的。

小不忍，則亂大謀。

可是她還是很氣，坐在最旁邊，看著窗外，拿後腦勺面對時宴。

傳簡訊你不回，拍馬屁你生氣，反而跑去勾搭一個看見你就緊張得出汗的女人。

是我不夠美嗎？是我不夠努力嗎？

還是說總裁都喜歡「女人，妳很怕我？」這一種？

沒意思。

鄭書意氣得呼吸都重了些。

可是轉念一想，自己又有什麼立場在這裡生氣呢？

鄭書意嘆了一口氣，臉上的忿然作色悄然消失，眉眼垂了下來。

她才是在「爭取」的那一個，又不是時宴。

唉，那這口悶氣就暫且咽下去吧。

車窗裡映著鄭書意的臉，每一個表情，都像電影一般在玻璃上一幀幀地放映。

時宴眼睜睜看著她一下子氣鼓鼓，一下子愁眉苦臉，一下子又糾結萬分。

他目光流轉，看向後視鏡的時候，輕輕地笑了一下。

好幾分鐘過去，鄭書意把自己澈底說服。

她慢吞吞地扭頭，偷偷看了時宴一眼。

這人不知什麼時候摘了眼鏡，低眸垂首，看著手機。

餘暉從前排車窗灑進來，冥冥光影在他臉上浮動，襯得他的輪廓更加深刻。

自從上車之後，時宴一直沉默，沒有要跟鄭書意交流的意思。

彷彿真的只是想單純地送她回家。

鄭書意不動聲色地朝他身邊湊近一點，然後躊躇著，思考要說什麼話題。

有了靈感後，鄭書意食指輕輕點了點下巴，正要開口，時宴的手機卻突然響了。

她立刻閉嘴。

聽到時宴在電話裡說的似乎是工作上的事情，她又默默開始往角落裡挪。

時宴感覺到她的舉動，換了一隻手拿手機，手肘靠著車窗，微微側眼。

鄭書意再一次落入他的視野裡。

她垂著眼睛，不知道在想什麼。

車裡空調很輕的風，也能將她臉頰邊的頭髮吹起。

幾根很柔的髮絲在浮動，隨著她的睫毛輕顫。

一下子皺眉，一下子舒展，路上流轉而逝的燈光映得她的臉龐忽明忽暗。

『時總？』電話那頭的人突然問道，『您在聽嗎？』

「嗯。」時宴收回目光，「你繼續。」

這通電話很長，直到車停在鄭書意住的社區門口才結束。

時宴掛了電話後，身旁安安靜靜的，沒有響動。

他轉身，看見鄭書意靠在背椅上，頭側歪著，睫毛輕輕顫動。

又睡著了，還睡得很香。

迷迷糊糊之間，鄭書意不知道夢到了什麼，皺了皺眉頭，整個人慢慢地朝側邊倒去。

就在她不穩的時候，時宴突然伸手，托住了她的側臉。

她的底妝很淡，沒有脂粉的油膩感。

掌心觸及的肌膚細膩柔軟，還有些溫熱。

時宴動了動手，把她扶回原位。

即將抽離手掌時，她呢喃了兩句。

雙唇紅潤，飽滿，竟然能用眼睛聞見一股甜膩的味道。

時宴的拇指動了一下，輕輕從她唇上滑過。

鄭書意緩緩睜開眼時，意識還有些模糊。

她揉了揉脖子，慢慢坐直。

餘光瞥見身旁的時宴時，她手上動作一頓，瞬間清醒。

怎麼又睡著了！

車上是多麼好的獨處機會啊！就這麼被錯過了！

鄭書意懊惱著，扶了扶額頭，「你等我很久了嗎？」

怎麼不叫醒我……

她說完，看見時宴的眼神，於是默默吞下後面那一句話。

時宴的眼神，彷彿寫著「妳知道我的時間多金貴嗎不要自作多情了ＯＫ？」

果然，時宴淡淡道：「不久。」

鄭書意不知道說什麼，動作也變得很慢。

車裡沉默了幾秒。

直到時宴開口：「不下車是打算住在這裡？」

鄭書意：「哦，如果可以的話……」

時宴打斷她：「鄭書意，我很忙。」

「……」

滾下車後，鄭書意拉著車門，朝他笑道：「那謝謝你送我回家，我先走了哦。」

鄭書意站在路邊，看著車尾燈閃爍，腦子裡漸漸理清了一件事。

剛剛在車上，她聽見司機詢問時宴要去哪裡。

時宴要去的地方和她家不順路。

他很忙，還專門送她回家。

所以，時宴的行為，難道是在哄她？知道她看見他搭訕秦時月不高興了，所以哄她？

對，就是這樣。

想到這裡，鄭書意的高興來得太明顯，走路的腳步也變得輕快，連遇見了平時非常討人厭的鄰居都主動打招呼。

可是這一點高興僅僅維持到她進門。

手指按開密碼鎖，「滴」一聲，彷彿是大腦智商開關鈕響了。

她握著門把，呆滯地踩著地毯，笑容僵在嘴邊。

時宴明明前腳搭訕了秦時月，回頭又來哄她？

絕了，原來他是個想腳踏兩隻船的海王？

我靠！

鄭書意氣得七竅生煙，重重摔了門，兩三步跨進客廳，把包扔在沙發上，然後抱著臂膀來回踱步，腳步急促。

氣死了氣死了氣死了！

她走著走著，被沙發絆了一下，栽下去的那一刻，也不掙扎了，直接倒進柔軟的沙發裡。

躺著睜眼看著天花板，燈光晃得眼前出現了無數小光暈。

鄭書意抓了一個抱枕，壓住胸口，試圖幫自己做心理疏導。

她默默地想：其實我也不是什麼好人。

對，就是這樣，什麼鍋配什麼蓋吧。

鄭書意呼了一口氣，翻過身，又盯著地面看了幾眼。

「砰」一下，她把抱枕扔出去，砸倒一個相框，連帶著擊倒了幾本書。

雖然我對你別有用心，可是我也沒同時撩別人。

我對你一心一意專心致志好嗎！非常專一好嗎！

這天晚上，第二根銘豫銀行贈送的簽字筆被折斷。

第二天，辦公室裡所有人都能感覺到鄭書意情緒不太好。

具體表現是，在會議室開會的時候她幾乎不怎麼說話，在茶水間聊天的時候感覺她的態度冷冰冰的，就連在洗手間相遇時她都像是來做科學研究一樣嚴肅。

下午的週會，全部門參加，總編說了一件事。

鄭書意發表的時宴採訪稿已經刊登發售，銷量翻倍，電子版閱讀量也暴漲。

這篇文章內容大開大闔，精確犀利，在圈內引起了極大的反響。

會議室裡響起熱烈的掌聲，不管是真心還是假意，都給足了鄭書意面子。

可她的笑容也不是真的快樂。

異樣歸異樣，這一天的忙碌中，除了親近的同事，沒人有時間去關心她的情緒。

只有秦時月坐在座位上，隱隱約約聽到鄭書意在泡咖啡的時候，用勺子使勁戳杯底。

嘴裡還碎碎念著，語氣不好，似乎好幾次提到了「時宴」兩個字。

不得不說，秦時月有些震驚。

她的小舅舅居然這麼護短，是又做了什麼事情讓鄭書意這麼討厭他嗎？

秦時月微微皺眉，心裡還有點過意不去。

時宴會不會稍微過了點啊。

偏偏有人不知道是神經不太敏感，還是故意往槍口上撞。

到了下午，孔楠出去做採訪，許雨靈走到鄭書意旁邊，坐了孔楠的座位。

「書意，妳今天怎麼了？」

「感覺妳不高興啊。」

「寫了篇大紅文應該開心才對啊。」

「我們晚上聚餐一起慶祝慶祝唄。」

她說話的聲音不大不小，連秦時月都聽得一清二楚，鄭書意卻仍然對著電腦打字，一動也不動，彷彿沒有聽見。

許雨靈臉色不太好了，繼續道：「聽說妳跟妳男朋友分手了，是不是因為這個心情不好啊？」

其實鄭書意沒有刻意隱瞞過她分手的事情，有些同事最近沒見岳星洲來接她，都有問過。所以她分手的事情，在關係近的同事這裡不算祕密，傳出去也不奇怪。

但鄭書意還是不理許雨靈。

秦時月本來在專心的玩手機，聽到這裡，不由得輕聲嗤笑了一下。

雖然鄭書意不理她的時候很討厭，但是看見許雨靈明顯一副來八卦的樣子被忽視，莫名覺得好笑。

這邊，許雨靈不耐煩了，用力敲了敲鄭書意的桌子，「鄭書意，我在跟妳說話呢。」

鄭書意恍然回神，抬頭看向許雨靈。

隨後，秦時月看見她撩起頭髮，摘下兩個無線耳機。

「妳在跟我說話嗎？」鄭書意的語氣還算客氣，「我寫稿子的時候都帶著降噪耳機，頻率開得大，又比較投入，聽不見的，不好意思啊。」

許雨靈的臉色不太好看，但還是僵硬地笑：「沒什麼，關心關心妳，看妳今天心情不好，想問是不是跟男朋友分手了。」

鄭書意聞言，變臉如變天，上下打量她一眼，冷聲道：「關妳什麼事？」

這句話的語氣太嗆，四周的同事或多或少都聽見了，現場的氣氛突然變得很僵硬。

許雨靈臉一黑，竟不知道如何接話。

鄭書意也沒管她，戴上耳機後，又開始寫稿子。

許雨靈在四周微妙的氣氛中，臉色青白。偏偏鄭書意若無其事地繼續打字，她有氣都沒處發，只能甩著手大步離開。

而秦時月作為現場最近的圍觀者，沒注意許雨靈走的時候是什麼表情。

她現在滿腦子都是鄭書意戴的耳機。

並且開始回想，第一天上班，她幾次叫鄭書意，對方沒理她，是不是也是因為戴著耳機沒聽見？

越想越覺得是。

再回想這段時間的相處細節，雖然鄭書意對她算不上多熱情，但還算和氣，也不會找她麻煩。

倒推一下，似乎也不是那種高傲的人。

所以，好像還真的是她誤會了。

其實誤會了也就算了，重點是她跟時宴賣慘了，而時宴好像又把鄭書意弄得很慘。

秦時月撓了撓頭，再一次陷入人生難題。

既然知道了自己的誤會給鄭書意造成了傷害，她心裡不可能沒有愧疚，但是她這一輩子，因為身分背景，一直站在最高處，還沒有向除了長輩以外的人低過頭。

讓她開口說出自己做的尷尬事情，更是做不到的。

是夜，鄭書意下班後去理髮店修剪了頭髮，順便又在外面吃了飯。

晚上回到家裡，洗完澡，已經夜裡十一點半。

她敷面膜的時候，下意識拿出手機，翻到簡訊時，卻猶豫了一下。

今天早上沒有傳，因為她被氣到了。

但是經過一整天的心理調整，她又開始動搖。

換位想一下，她作為乙方，甲方有多個選擇是正常的，哪有乙方怪甲方貨比三家的道理呢。

想通了後，鄭書意恢復元氣，立刻連傳四封簡訊給時宴：

『今天沒有晚安。』

『因為我很不安。』

『我現在睡不著。』

『你如果加我好友，我就睡得著了。』

沒等到時宴的回應。

鄭書意想了想，可能要下一點猛藥了：

『其實是因為我又有東西落在你那裡了。』

『你看見了嗎 QAQ。』

傳完這幾則簡訊，鄭書意還是決定抱著希望等一下回信。

但是等待太枯燥，所以她開始簡單地整理房間。

收拾櫃子時，她看見兩張宋樂嵐的演唱會門票。

這本來是她守著時間搶來準備跟岳星洲一起去的，現在物是人非，這票倒是可惜了。

不過一看見票根上寫的時間，就是明晚七點，鄭書意眨了眨眼睛，一個大膽的想法冒了出來。

她記得，時宴家裡也有宋樂嵐的專輯。

那如果他們能夠一起去看演唱會，對於關係的進展就是質的飛躍！

鄭書意蹲在地上，看著那兩張門票，無數構思已經開始發芽。

這時，桌旁的手機響了一下。

鄭書意抓起手機快速地瞄了螢幕一眼。

訊息提示，收到「不會打字的文盲」簡訊。

鄭書意的心臟突然猛跳了兩下。

夢裡那個「ＴＤ」對她造成的心理陰影太大，她這時竟然產生了一種類似「近鄉情怯」的奇妙感受。

她害怕時宴真的回覆一個「ＴＤ」給她，所以她寧願收到的是垃圾訊息。

做好了最壞的準備後，鄭書意打開螢幕。

不會打字的文盲：『又落？』

「唉……」鄭書意吊著的一顆心終於落地，不是「ＴＤ」就好。

她笑了笑，打字：『嗯，比上次的嫁妝還重要。』

不會打字的文盲：『什麼？』

鄭書意：『是我的心（〃∇〃）。』

對面直接不回了。

鄭書意：「……」

她摸了摸臉頰，又懊惱起來。

是不是騷過頭了。

實在不知道該如何挽回局面了，鄭書意打算跟其他朋友請教一下。

她打開聊天軟體，盯著通訊錄畫面，尋思著找誰時，「新的朋友」那一欄突然跳出一個紅色的「1」。

像是有心電感應一般，鄭書意立刻點開，看見是一個叫做「sy.lucky」的好友申請。

「sy」不就是「時宴」的首字母縮寫嗎？終於加上好友了！

就是沒想到，時宴還挺少女心，後面跟的尾綴這麼騷。

大頭照到是正常，是一隻柯基的普通照片。

所以剛剛並沒有騷到時宴，他似乎還挺吃這一套的啊。

鄭書意捧著手機樂顛顛地傳訊息給他：

『終於等到妳加我好友了。』

『（轉圈圈.jpg）。』

片刻後。

sy.lucky：『……』

她趴在床上，雙腿翹著晃悠，搖頭晃腦。

鄭書意：『你要睡了嗎？』

sy.lucky：『還早。』

鄭書意笑了笑，立刻把演唱會門票拍下來傳給時宴。

鄭書意：『剛剛看見這個，正在想要和誰一起去。』

sy.lucky：『？』

鄭書意：『你明晚有空嗎？』

對方過了好一陣子才回覆。

sy.lucky：『有的。』

鄭書意笑著用手捏了捏枕頭。

鄭書意：『那明晚我們一起去？』

又是片刻的等待。

sy.lucky：『好。』

第八章　演技

鄭書意沒想到會這麼順利的約到時宴，就像做夢一樣不真實。

到了第二天早上，她還有些不真實感，睜開眼睛後在床上放空一下，然後摸出手機，戳進時宴的動態。

哦豁，僅三天可見。

不過這也像他的風格。

鄭書意美滋滋地坐起來，一邊洗漱，一邊傳訊息給他。

鄭書意：『早啊！』

鄭書意：『（比心.jpg）。』

到了十一點，對方才回了一個：『早……』

嘿，起得還挺晚。

鄭書意：『晚上的演唱會別忘啦。』

sy.lucky：『嗯。』

演唱會晚上七點開始，鄭書意本來還想再傳訊息問問時宴要不要一起吃晚飯。

不過想想算了，月盈則虧，過猶不及，還是見好就收吧。

於是她早早開始化妝，挑了半天的衣服，還專門穿了新買的高跟鞋，神清氣爽地出門。

剛到六點，暮色未至，夕陽斜掛在天邊，滿地落葉。

但舉辦演唱會的體育館門口已經人山人海，熱鬧非凡。

廣場上有很多擺地攤的在賣各種小玩意，手幅、燈牌，螢光棒、還有各種頭上戴的頭箍。

鄭書意逛了一下，沒買什麼東西，倒是特別留意一些卡通頭箍。

根據偶像劇定律，頭箍賣萌最好用了。

如果能再讓時宴和她一起戴上頭箍，那她的小舅媽大業就指日可待了。

鄭書意想到那個畫面，想笑，又很期待，便精心挑選了兩個米老鼠頭箍。

廣場風大，她攏了攏圍巾，擰著頭箍找了一處角落站著等時宴。

演唱會上，來的都是成群結隊的朋友或者成雙成對的情侶，像鄭書意這樣的孤單身影比較少見，還挺顯眼。

她站著，沒多久就看一下時間，想催時宴，但又頻頻忍住。

直到六點半，工作人員開始安排聽眾排隊進場了，時宴還沒來。

鄭書意傳訊息催他，同時往大門外走去。

剛站到路邊，一輛保時捷緩緩停在她面前。

這種騷包的車，也只有時宴了。

鄭書意立刻笑了起來，車門打開後，一隻纖細的腿伸了下來。

腿上，穿著長筒靴。

鄭書意眨了眨眼睛，眼睜睜地看著秦時月從車上下來。

她拎著包，摘了墨鏡，看向鄭書意，莫名地笑了一下。

鄭書意沒想到秦時月也來了。

不過也沒什麼稀奇的，畢竟宋樂嵐紅嘛。

於是鄭書意也朝她笑：「巧啊。」

「巧？」秦時月疑惑，「不是妳約我來的嗎？」

鄭書意：？

我約妳的？我約妳了嗎？

我約的明明是時宴。

等等，時宴？

那一瞬間，鄭書意腦子裡像是彗星撞地球，撞得她的靈魂灰飛煙滅。

幸好，她在極短的時間裡穩住了情緒，並且很快反應過來，所有事情都在混亂中突然露出頭緒。

sy，時宴。

也是時月。

原來她昨晚興奮地約到的人，是秦時月。

哈哈，可真是巧呢，可真是太他媽巧了呢。

鄭書意扶了扶額頭，強顏歡笑道：「對、對啊，我就是說我剛剛催妳，妳就到了。」

「哦。」秦時月感知到鄭書意有一些不正常，但又摸不清為什麼，只能尷尬地笑一下。

說起來，她昨晚也很迷惑。

秦時月不是一個自來熟的人，她找主編要了鄭書意的帳號後，想著要怎麼開口，對方居然就熱情地跟她打招呼了，似乎知道她是誰。

然後還主動約她來看演唱會。

雖然秦時月很詫異，但突然想起前幾天，鄭書意確實在辦公室說起過這場演唱會。

當時她說自己多了一張票，問孔楠要不要一起去，孔楠原本答應了，但昨天臨時有採訪任務。

臨走的時候跟鄭書意說了一聲，鄭書意還挺失望。

因而，秦時月收到鄭書意的邀約，也沒多想就答應了。

現場秩序管理得很好，兩人很順利地進場。

直到演唱會進行到一半了，兩人都沒什麼交流，安安靜靜地坐著，偶爾揮舞一下螢光棒，全程隱隱透露出一絲絲微妙尷尬。

雖然尷尬的理由各不相同，但她們都跟現場其他聽眾的狂歡格格不入。

期間，鄭書意都沒怎麼認真聽歌，滿腦子都是時宴的事情。

某個時刻，她忍不住，不甘心地掏出手機看了一眼。

好，真的是秦時月，不是時宴。

啊啊啊啊時宴去死！

於此同時，鄭書意抬起頭，見宋樂嵐坐在懸吊的鞦韆上唱歌，眼神一直往她們這裡飄。

宋樂嵐正在唱一首日文歌——〈曾經我也想過一了百了〉。

鄭書意聽不懂歌詞，就是覺得，太慘了，這歌聽起來真的太慘了。

但也沒她慘。

現場氣氛漸漸濃重，許多聽眾都聽哭了。

而宋樂嵐還一直看鄭書意這個方向，讓她覺得宋樂嵐彷彿是專門為了她唱這首歌的。

情緒沉入後，鄭書意不知不覺鼻尖發酸，似乎下一秒就要潸然淚下。

秦時月偷偷看了鄭書意好幾次，總覺得她哪裡怪怪的。

一首歌過去後，秦時月終於忍不住，問道：「妳怎麼了啊？心情不好啊？」

鄭書意轉頭，目不轉睛地盯著她。

隨著現場氣氛越來越熱烈，鄭書意在四周的尖叫中，想釋放自己的情緒。

旁邊正好是秦時月，她也不知道怎麼的，面對這個不太熟的實習生，莫名產生了傾訴欲，「妳知道嗎，我才剛分手不久。」

秦時月愣愣地點頭，「有聽說一點點。」

體育館裡開著空調，空氣不流通，鄭書意吸了吸鼻子，說話的時候也帶上了鼻音，「他追我很久了，當時所有人都覺得他非我不可，可是在一起後沒多久，他就一百八十度劈腿。」

秦時月睜大眼睛，倒吸一口氣。

很難想像，鄭書意這樣的，居然會被綠。

「那小三長得也沒多好看。」

秦時月：「那為什麼？」

鄭書意：「還不是因為那個小三家裡有錢，更有一個了不得的小舅舅！」

鄭書意接著還說了他們是如何招搖過市，那個小三是如何蓮言蓮語在她面前表演，聽得秦時月和她同仇敵愾，連連拍大腿。

「天啦！這種人建議眉毛以下截肢！」

「是吧是吧！」

情緒到了，鄭書意連心底的祕密也一口說了出來，「所以我咽不下這口氣，我不讓他們好過，正好她的小舅舅一開始好像對我有點意思，那我就去搞定他，當他們的小舅媽！」

秦時月連連點頭，語氣激動。

「對，搞到她的小舅舅！當她的小舅媽！」

「不搞不是人！」

「書意姐衝呀！」

演唱會臨近尾聲時，出現一個驚喜嘉賓，當紅小鮮肉，女友粉無數。

這是所有聽眾都沒想到的，出場那一刻，全場尖叫，連秦時月都看呆了。

兩首歌結束後，小鮮肉下臺了，秦時月還躁動不安。

她東張西望一番，目光閃爍，最後盯著後臺的方向看了幾秒，隨後說道：「書意姐，我朋友剛傳訊息給我找我有點事，我得先走了啊。」

鄭書意正沉浸在氣氛裡呢，朝她揮揮手：「那妳路上小心。」

秦時月戴上墨鏡，貓著腰走了出去。

所以這場演唱會最後還是鄭書意獨自聽完的。

直到安可結束，所有人退場，已經過了十點。

體育館大門外的整條路堵得水泄不通，連車都不好叫。

鄭書意等了好一陣子，大路終於通了一些，車輛能緩緩移動了。

於是她走到路邊，方便上車。

四周已經歸於寂靜，鄭書意往手心哈了兩口熱氣，探身往外張望。

反反覆覆幾次，沒看見她叫的車，反而看見了一輛很搶眼的跑車。

鄭書意的目光漸漸定住，再也移不開眼睛。

隔著擋風玻璃，她也能認出車裡的人是時宴。

車流緩慢，時宴單手搭在方向盤上，任光影在他臉上流動，也不曾因為塞車而露出煩躁的情緒。

但是他抬眼的一瞬間，餘光裡出現一抹身影，眼神驟然有了波動。

他撩眼看過來，鄭書意正一步步走向他。

突然，鄭書意不小心趔趄了一下。

新鞋子不合腳，鞋跟又太細，坐著的時候沒發現，這時走起路來就很明顯了。

其實只是很輕的扭了一下，但在那一瞬間，鄭書意靈光一閃，萌生了一股碰瓷的想法。

於是她直勾勾地看著對方，踮著一隻腳，然後站在那裡不動了。

因為她知道，時宴看見她了，而且應該不至於就這麼無視她。

果然，車緩緩向前開，經過她身側時停了下來。

車窗降下來，時宴曲著臂彎，手背撐著下巴，側頭看著鄭書意，也不說話。

兩人就這麼看著對方，似乎都在等對方先開口。

幾秒後，鄭書意撇撇嘴，委屈地說：「時總，我扭到腳了。」

時宴還是冷漠地看著她，等下文。

鄭書意：「都是因為你。」

她又上前一步，離車更近，「你要對我負責。」

時宴緩緩抬頭，手背撐著太陽穴，漫不經心地打量鄭書意，「關我什麼事？」

鄭書意：「我看見你就沒辦法再看路了。」

「……」

前方的車已經開走，後面的車流鳴笛聲四起。

時宴輕嗤了聲，收回目光的同時，車飛馳而去。

鄭書意：「……」

這還是人嗎！

鄭書意氣得立即站直了，跺了跺腳，抱著雙臂，卻一時間不知該怎麼辦。

正好司機打電話過來，說這邊不方便停車，叫她走到路口，她只好往前走。

走著走著，腳下突然踩空。

鄭書意雙眼一瞪，還沒反應過來發生什麼，腳踝處一股劇痛就直戳戳地襲來。

她猛地朝一旁倒去，幸好一個路過的女孩子衝上來扶住了她。

「妳沒事吧？」

「沒、沒事。」

靠，蒼天的報應。

女孩子繼續過馬路，而鄭書意站著，動了動腳，痛得她直抽氣。

但沒辦法，司機不進來，她只能一瘸一拐地，心裡罵著地往前走。

前方紅綠燈，時宴在後視鏡裡看著這一幕。

他抬頭，手指敲了敲方向盤，隨即在路口掉頭。

這條路就跟沒有盡頭似的，鄭書意穿著高跟鞋，一邊拖著腳走路，嘴裡的罵還沒停下。

「時宴你沒有心。」

「眼鏡度數一千五。」

「良心泯滅，無情無義。」

「我不美嗎我不可愛嗎？」

「那雙眼睛專門避開漂亮的人嗎？捐去火鍋店算了。」

「真是輪迴幾次都是傻子——」

突然，她額角跳了跳，腳步也莫名停下。

四周氣氛好像不太對。

被某種意識牽引著，她緩緩轉頭。

距離她不到半公尺的路邊，時宴車窗降到底，正沉沉地看著她。

鄭書意：「……」

她咽了咽口水，「我覺得我可以先上車再解釋，您覺得呢？」

體育館外五百公尺的路，足足開了七、八分鐘。

穿過十字路口，車流分散，大路總算暢通起來。

時宴開車的時候，習慣放鬆地靠在背椅上，修長的手指骨節勻稱，不曾用力握著方向盤，卻掌控感十足。

具體表現在——現在的車速其實很快。

鄭書意抓緊安全帶，直挺挺地坐著，目不轉睛地盯著眼前的景象，頭都不敢轉一下。

直到下一個路口紅燈亮起，時宴踩了剎車，慢悠悠地轉過頭來。

雖然他沒有說話，鄭書意也沒有看他，但能猜到此刻他的眼神表達著什麼。

鄭書意只能直視前方，平靜地眨了眨眼睛，說道：「我再想想。」

「嗯。」時宴手肘撐到方向盤上，似笑非笑地看著她：「還沒編好嗎？」

鄭書意：「別著急，考試還有九十分鐘作答時間呢。」

時宴不再說話，注意力再次回到路況上。

看著車一路狂奔，鄭書意突然想起一個問題。

這是往哪開啊？

她偷瞄了時宴一眼，見他好像懶得理她了，也就沒有多問，默默閉上嘴。

安靜的環境下，鄭書意緩緩彎下腰，伸手揉了揉腳踝，直吸氣。

「好疼啊，真的好疼啊。」

「別吵。」

「哦……」

一路上沉默無言。

車緩緩離開了鬧市區，駛上高架橋，過了江，四周是平坦的綠化帶，建築物很少。

因此，鄭書意清晰地看見遠處霓虹燈上「江城和睦家醫療」幾個大字。

她眨了眨眼，轉頭看時宴。

時宴似乎沒有感覺到她的目光，降了車速，平穩地開進停車場。

停好車後，時宴解開安全帶，開門下車，繞到副駕駛座。

他拉開車門，手臂半撐在上面，躬身看向鄭書意，「下車。」

鄭書意心裡的猜想終於被證實。

其實時宴還是有一滴滴良心的，竟然帶她來了醫院。

思及此，鄭書意想笑，但還是要保持著痛苦的模樣，於是極力忍住。

她只是伸出一隻腿著地，探了上半身出來，卻沒下車，「我腳疼，站不起來。」

時宴垂眸看著她。

只要他不說話，在鄭書意眼裡，就不算拒絕。

夜裡的空氣又濕又冷，綠植剛澆過水，大片大片地浸著水汽，感知上如同驟然初歇。

「我也走不動的。」鄭書意說話帶著顫音，讓人感覺這天更冷了。

見時宴還是不為所動，鄭書意又開口到：「要不是你，我也不會扭到腳。」

說完後，她小心翼翼地朝時宴張開雙臂。

意思是，揹我。

也不知道他能不能領會到她的意思。

時宴似乎有些不耐煩了，「鄭書意，少作點。」

鄭書意眉心一簇，眼看著就要哭了。

「誰作了？」她哀怨地看著時宴，「你的心是石頭做的嗎？」

時宴：「不是。」

鄭書意抿了抿唇，「那你……」

時宴：「我沒有心，妳說的。」

鄭書意：「……」

「你這個人怎麼這麼記仇啊，你穿高跟鞋扭到腳試試看，就跟被人硬生生折斷腳踝一樣，痛死了好嗎，哦，你又沒有穿過高跟鞋，你是不會……」

時宴不想再聽她嘮嘮叨叨，突然把車門澈底拉開，然後彎腰，一把將鄭書意從車裡抱了出來。

身體突然騰空，鄭書意腦子裡一片空白，下意識伸手摟住時宴的肩膀。

直到時宴抱著她轉身朝醫院走去，她才慢慢回神。

她本來只是想讓時宴揹她的。

此刻她靠在他懷裡，能聞到他衣服上清淡的香氛味道，能感覺到他的體溫，只要一抬頭，臉就能蹭到他的下頜，親密到無以復加。

鄭書意手臂環著他的肩，悄悄蜷縮。

慢慢感覺到他近在咫尺的呼吸後，鄭書意慢慢把臉埋進他胸前。

然後，偷笑。

醫院裡燈火通明。

由於是私立醫院，病人不多，行走於公共區域的幾乎都是醫護人員。

時宴抱著一個女人，大步流星走進來，腳步卻不急不緩，無形中吸引了很多人的目光。

感覺到有人在看自己，鄭書意悄悄抬眼，看見兩個前臺護士靠著詢問檯，探頭笑瞇瞇地打量他們。

——「喔！好帥啊我的天。」

——「我也想被公主抱耶。」

——「我男朋友只會把我扛起來。」

——「我立刻魂穿那個女生。」

鄭書意雖然聽不清楚她們在說什麼，但同為女人，能隱隱約約猜到。

她抬頭，看著時宴的側臉，眼裡的笑意藏都藏不住。

「你前女友有沒有說過這個角度看你很帥。」

時宴對她拍的馬屁沒有任何反應。

直到走進急診室，他停在門前，垂眼看著鄭書意。

他一低頭，兩人四目相對，呼吸交纏在一起。

鄭書意莫名感覺到自己的呼吸節拍好像開始紊亂，掌心也開始發熱。

時宴扯了扯嘴角，面無表情，語氣極冷淡：「妳前男友有沒有說過妳很重。」

「……」

鄭書意說那句話的語氣，有些嬌俏，有些羞澀。

時宴似乎在學她，但從他嘴裡說出來，除了諷刺，沒有任何其他情緒。

鄭書意的呼吸澈底亂了，調整不回來了。

「沒有！」

但我覺得你很有潛力會成為我第一個這麼說的前男友。

鄭書意在心裡默默地接了這一句。

「哎哎哎！疼！疼疼疼！」

鄭書意坐在床上，醫生每動一下她的腳踝，她就慘叫。

「我下手不重的。」值班醫生是個中年女性，看見鄭書意這模樣，有些不忍心，「有這麼痛嗎？」

鄭書意瞥了時宴一眼，「我就是怕痛嘛。」

時宴就站在旁邊，對鄭書意這句話依然毫無反應。

甚至在鄭書意做出一副楚楚可憐的模樣時他還能翻兩分鐘郵件，並且離開診斷室出去接電話。

之後，醫生再做檢查，鄭書意沒慘叫過。

「原來是撒嬌啊。」醫生笑著說，「妳這個情況其實不嚴重，我就想說哪有這麼疼。」

鄭書意悶著腦袋不說話。

醫生坐回辦公桌，一邊打字，一邊說：「回去後四十八小時內冰敷，之後熱敷，如果真的疼，就用點活血化瘀的藥。不要按摩，也儘量不要走動，穿舒服的鞋子，記住了嗎？」

鄭書意點了點頭。

其實沒那麼嚴重，她在車上已經緩了過來，早就不痛了。

醫生把單子印出來交給她後，念叨道：「我覺得，妳男朋友雖然長得挺帥的，但是人太冷漠了，真是鐵石心腸。」

鄭書意悶哼一聲，「醫生姐姐妳不要胡說，他才不是鐵石心腸。」

「小妹妹妳還挺護短啊。」

時宴掛了電話，剛推開門，裡面傳來鄭書意情緒飽滿的聲音。

門外，走廊寂靜。

「他根本就沒有心！」

時宴收回手，轉身離開。

鄭書意坐在床上，晃著雙腿，「人去哪了呢？怎麼還不回來。」

她朝門口張望，「該不會是走了吧。」

醫生說：「繳費去了。」

話音剛落，門被推開。

鄭書意幾乎是反射性地開始表演。

眉毛一皺，嘴巴一癟，正要哼哼，卻發現進來的不是時宴，而是一個護士，推著輪椅朝鄭書意走來。

鄭書意：「……」

涼涼夜色下，路燈儼然排列。

時宴站在車旁，燈光將他的影子拉得很長。

鄭書意被護士推到停車場時，看見這一幕，垂著的腦袋慢慢仰了起來。

從演唱會開始，折騰到現在，不傷身也傷神。

妝脫了些，口紅也掉了色，冷白的燈光下，她看起來真有幾分病態。

輪椅推到時宴面前，護士叮囑幾句便收聲。

鄭書意看著時宴，再次朝他伸手，「我還是走不動。」

深夜的風，在空曠的停車場上肆意吹颳，揚起鄭書意的長髮，雖然有些亂，卻惹人憐惜。

時宴垂眸看過來，眼裡有些無奈。

他深深地看著鄭書意一眼，正要躬身——

突然，一隻野貓從草叢裡躥出來，速度極快，影子被路燈放大拉長好幾倍，像個窮凶極惡的怪物朝這邊撲過來。

伴隨著野貓淒厲的叫聲，鄭書意來不及思考，身體下意識做出反應，以迅雷不及掩耳之勢跳起來，一邊尖叫一邊兩三步躲到時宴身後，瑟瑟發抖。

幾秒後，野貓躥走了，現場卻安靜了。

護士咳了一聲，推著輪椅默默離開，留下一地尷尬。

時宴看了鄭書意一眼，目光漸漸挪到她腿上。

雖然什麼都沒說，但鄭書意感覺到自己遭遇到了演藝生涯的滑鐵盧。

再次返回市區時，已經過了淩晨。

鄭書意第一次這麼主動在時宴面前保持安靜，一句話也沒說。

一陣鈴聲打破車裡的安靜，鄭書意默默把頭別開，看向窗外。

她一向不喜歡聽別人講電話。

直到紅綠燈前，時宴才接通電話。

不過卻是直接在中控臺接通，一道男聲從音箱裡傳了出來，『時宴，我記得你跟貝琳認識？』

鄭書意眉心突然一跳。

貝琳，當紅的一線女演員，年僅二十六，號稱合照殺手，僅靠硬照就獲得了一眾顏粉。在這個地方聽見她的名字，鄭書意的警覺細胞立刻被調動。

時宴「嗯」了一聲。

『哦，是這樣，我一個朋友有個電影想找她拍，但是在片酬方面僵持不下，想說看看你那邊有沒有關係可以斡旋一下。』

鄭書意偷偷摸摸地看向時宴。

沒想到，時宴正好也回頭看她。

目光相接，鄭書意的心跳陡然漏了一拍，開始竊喜。

時宴這個時候看她，應該也是知道她在乎他和其他女人的關係吧……

「她嗎？我覺得她演技一般。」時宴收回目光，平靜地說，「還沒有我車上這個演技好。」

鄭書意：「……」

我謝謝您喔。

電話那頭似乎明白了什麼，『……嗯，很晚了，先不打擾你了。』

鄭書意在床邊坐了很久。

今天的一幕幕像電影畫面一般在她腦子裡重播。

滿懷期待地去演唱會，卻等來了秦時月。

想碰瓷時宴，卻真的把自己的腳扭了。

想賣慘，卻被戳破。

她嘆了口氣，把自己埋進枕頭，一下子嘆氣，一下子捶被子，鬧了半天，她突然坐起來，吹了吹了亂七八糟的瀏海。

鄭書意的字典裡，不能有半途而廢這幾個字。

她從亂糟糟的被子裡找到手機，思索片刻，傳了簡訊給時宴：『差點忘了，今天的醫藥費還沒給你呢。』

『怎麼給呢？』

其實傳完簡訊，鄭書意也沒抱希望時宴會回，於是放下手機就去洗澡。

弄了一個多小時出來，她再看手機，十分鐘前，有時宴的回覆：『看聊天軟體。』

鄭書意不可置信地再看了一遍這幾個字。

打開軟體，一個新的好友添加申請跳了出來。

但鄭書意的第一個反應，是先問他：『請問，是時宴嗎？』

時宴：『不然？』

這時候，喜悅感後知後覺地席捲了鄭書意。

她躺在床上蹬了蹬腿，手舞足蹈一番，才翻身趴在枕頭上，慢慢打字：『今天的醫藥費多少呀？我轉帳給您。』

時宴傳了一張帳單過來。

鄭書意一看，笑容凝固在嘴角。

門診急症（非預約制）：兩千五百六十元。

什麼醫院這麼貴啊！

鄭書意：『……』

鄭書意：『可以劃進醫療保險嗎？』

傳出去的那一瞬間，她突然後悔，立刻撤回，然後把錢轉帳過去。

平躺著，鄭書意感覺自己的肉在疼。

幾秒後，手機響了一下。

她再拿起來看，時宴把錢退回了。

那股肉痛感突然消失，化為一陣暗暗的開心。

『那怎麼好意思呢，畢竟我們……』

字還沒打完，她看見時宴又傳來一則訊息：『當做今天的片酬。』

鄭書意花了好幾秒，才反應過來他是什麼意思。

她的笑容再一次慢慢凝固，突然不是很想掙扎了。

鄭書意：『我這種奧斯卡級別的片酬才兩千多？』

鄭書意一邊打字一邊碎碎念：「真是摳門人設不倒。」

時宴：『妳還想要多少？』

鄭書意翹起二郎腿，慢悠悠地回覆：『想要你明天陪我吃晚飯（〃▽〃）。』

半個小時前，時宴剛剛進入西廂宴。

十幾坪的大包廂裡，僅僅坐著五個人。

宋樂嵐、秦孝明、秦時月，以及宋樂嵐的經濟人和助理。

見時宴來了，宋樂嵐也沒放下筷子，一邊涮著小火鍋，一邊問：「都要結束了你才來？」

演唱會向來消耗體力，況且宋樂嵐年紀也不小了，每次開唱後都會安排一桌子美食大快朵頤。

不管安可到多晚，都要吃了這頓飯才算給演唱會畫上圓滿的句號。

偶爾時宴和秦孝明有空，便陪她一起，當做是慶功。

宋樂嵐原本叫做時懷曼，當年出道跟家裡鬧翻，因而取了藝名，以表示自己絕不再與時家牽連的決心。

而後隱婚生子，和家人關係緩和，卻無意再將他們曝光於公眾之下，這種隱祕的日子就這樣過了下來。

但如今科技發達，四處都是眼睛，宋樂嵐行事小心，行程也忙，所以像這樣能坐在一起吃飯的日子少之又少。

時宴拉開椅子坐下，卻沒有動筷子的意思，「遇到點事。」

家裡並非人人都是秦時月，突然遇到事情需要處理很正常，宋樂嵐也沒有多問。

反而是秦時月今天挺興奮，看著外公時文光不在，那股看演唱會的亢奮延續到現在，一張嘴沒停過，聽得時宴覺得煩躁。

他放下手機，朝秦時月看去。

鏡片鍍光，眼神攝人，雖不需要皺眉，卻讓秦時月在接下來的半個小時都不敢再多說話。

直到宋樂嵐吃好了，準備離開。

秦孝明落後一步，和時宴並肩走在一起。

——『想要你明天陪我吃晚飯（〃▽〃）。』

時宴看見這則訊息時，秦孝明同時開口道：「明晚不是程叔的家宴嗎？帶上小月吧。」

時宴看了秦時月蹦蹦跳跳的背影一眼，冷聲道：「不用了。」

頓了片刻，又道：「沒她的位子。」

『明天下午五點，我去接妳。』

在時隔十分鐘後，收到這則訊息，已經躺上床的鄭書意拉起被子，捂著臉，在一片黑暗中低笑。

今夜月明，風也溫柔，鄭書意睡得很香。

但第二天，她還是早早起床。

處理一些工作郵件後，鄭書意闔上電腦，雄赳赳氣昂昂地走到衣櫃前。

時值十二月，寒氣濃重，但鄭書意很少穿羽絨服，冬天都是大衣套裝裙。

因而櫃子裡收納著豐富而又規整的冬裝裙。

她挑了幾件出來，一一試了，卻始終拿不下注意。

糾結片刻後，鄭書意靈機一動，乾脆把這幾件衣服拍下來，傳給時宴。

——『我穿哪件適合呀？』

打出這行字後，鄭書意覺得不太對，又刪掉，重傳。

鄭書意：『我穿哪件好看呀？』

時宴：『紅色。』

「咦？」鄭書意看了拿出來的衣服一眼，幾乎都是素淨的顏色，沒有紅的。

她鬼使神差地打開櫃子，一件件數過去，也沒紅色的。

畢業後這三年，鄭書意的衣服漸漸換新，如今早已沒有學生時代的遺跡。

工作原因，她向來只穿端莊素淨的衣服，紅色這種濃烈的色彩，一直不在她的考慮範圍內。

所以時宴為什麼會說「紅色」？他是在敷衍，還是單純色盲？

鄭書意在床邊坐了一下，無所事事地打開電視，畫面正好是一個歐洲女生騎著馬越過草地。

回憶倒流，鄭書意猛然想起，她上一次穿紅色，應該是在關向成的馬場那一天，換上了紅色馬術服。

週末的商場比工作日人多，加上臨近耶誕節，四處掛上了紅紅綠綠的裝飾，入口處還擺上了巨型聖誕樹，一眼看去色彩堆滿了整個視野，極能催生購買欲。

鄭書意進來一個小時候，手裡已經拎了三家店的包裝袋。

但至今她還沒選到喜歡的紅色裙子，便拎著袋子上新的樓層，進了一家新開的店。

這家店風格多樣，色彩豐富，紅色的裙子有好幾件。

由於這兩年養成的職業習慣，鄭書意還是選了一件設計最簡單的紅色一字肩裙進試衣間。

剛換上裙子，正準備出去時，她突然聽見一道熟悉的聲音。

「你覺得這件裙子怎麼樣？」

「還可以。」

男人的回答有些敷衍，但這聲音，鄭書意再熟悉不過。

她透過試衣間門簾的縫隙看了一眼，來人果然是岳星洲和秦樂之。

鄭書意的好心情瞬間消失。

她不想在這個時候見到這兩人，也不願直接離開，畢竟這家店還有好多衣服她還沒試過，於是乾脆坐在試衣間裡，想等他們走了再出去。

這時，秦時月突然傳訊息給鄭書意：『書意姐，今天週末妳在幹嘛呀？我好無聊哦。』

鄭書意呼了一口鬱氣，暗戳戳地打字：『別提了，出來買個衣服，結果遇到了狗男女。』

秦時月：『真的假的？妳在哪裡？』

鄭書意：『國金。』

秦時月：『我就在附近！我馬上到！』

鄭書意：『妳來幹什麼？』

秦時月：『我來幫妳撐場子！』

鄭書意還沒理解秦時月的腦迴路，就聽旁邊試衣間傳來響動，隨後，外面再次響起了秦樂之的聲音。

「這件裙子太素了，像中年人穿的。」

「不行不行，這褲子顯得腿粗。」

「我不要高領毛衣，會蹭到粉底。」

鄭書意粗略估算了一下，秦樂之起碼已經換了三套衣服，卻沒一件滿意的。

外面有個店員說：「小姐，要不然您試試我們剛到的一款裙子，很獨特的款式。」

秦樂之點了點頭，「那妳拿給我吧。」

她回頭看，岳星洲已經坐在沙發上玩手機了。

鄭書意在試衣間裡，開始煩躁。

幾分鐘後，秦樂之的聲音再次傳出來，「這件裙子是不是款式太簡單了點？都沒什麼設計。」

「不會呀，剪裁簡單的才是最好看大方的。」兩個店員圍著秦樂之一頓猛誇，「正紅色又襯得您氣色好，等一段時間過年了穿去拜年也最合適了。」

雖然店員馬屁沒停過，但秦樂之還是覺得不滿意，總感覺一字肩看起來怪怪的，顯得她的肩頸弧度不好看，腰線收得也不好，沒有起到修飾比例的效果。

「星洲，你覺得呢？」秦樂之轉身問，岳星洲抬頭看了一眼，「嗯，可以，好看。」

秦樂之已經明顯感覺到岳星洲的敷衍，心裡不舒服，於是說：「我再看看其他的。」

試衣間裡的鄭書意忍耐終於到了極限。

雖然她也是女人，但她真的沒見過買衣服這麼麻煩的，頓時非常後悔自己當時為什麼不直接出去。

現在，鄭書意忍不了了。

她站起來，理了理裙子，直接掀開門簾走了出去。

此時，店員正彎著腰幫秦樂之繫腰帶。

秦樂之也沒注意其他的，正打量著店員的動作。

後知後覺的，她感覺到四周的氣氛發生了微妙的變化。

離她不遠的地方，兩個店員擁簇著鄭書意，還有兩個店員單純站在那裡看鄭書意，眼裡滿滿都是驚豔。

「小姐，這件裙子真適合您，您的皮膚白得跟發光似的，正紅色簡直就是為您這種膚色量身定做的。」

「我覺得您穿這個比我們雜誌上的模特兒還好看，您今天可是來對了，這個碼就剩這一件了。」

「真的，您要試其他的我都不樂意，就這件，太好看了。」

雖然只是背影，但秦樂之一眼便看出來，鄭書意現在穿的裙子和她穿的是同一款。

店員的馬屁千篇一律秦樂之倒也沒上心，只是鄭書意轉過來時，秦樂之看得很清楚，同一件裙子，在她身上不合適的地方，在鄭書意身上卻是錦上添花。

肩頸如天鵝，一字肩帶勾勒出鎖骨的弧度，順滑而下，腰線掐得勻稱，把一件普通的冬裝裙穿出了小禮服的感覺。

鄭書意對著裙子轉了一圈：「還不錯，我拍個照哦。」

此時的時宴，正在進行一場跨國視訊會議。

辦公室裡很安靜，只有對方彙報工作的聲音。

手機突然連續震動幾下，他隨手滑開螢幕，打開訊息，幾張照片依次彈出來。

鄭書意：『好看嗎？』

鄭書意：『給我兩個字的回答。』

鏡頭裡，眾下屬看見時宴摘下眼鏡，揉了揉眉骨，頓時有些驚慌，立刻停了下來。

「時總，是哪裡有問題嗎？」

時宴重新戴上眼鏡後，那股無奈之色已經消失，「你們繼續。」

兩分鐘後，鄭書意收到一則回覆。

『能看。』

鄭書意：「……」

還真是兩個字的回答一個字也不願意多給。

誇句好看能讓你死嗎？

與此同時，在這家店逛了很久的兩個女人，看見鄭書意後，目光流連忘返，揮手叫店員：「我們也要試試她那款！幫我們拿兩件吧。」

收銀檯的店員看了一眼，笑著搖頭道：「不好意思哦，這款只有兩件了，一件在那位小姐身上，還有一件——」

店員回頭，看見秦樂之，又說：「這位小姐在試呢，你們看，這件衣服是真的好看，試過的顧客都很喜歡。」

店員是專業的，表情管理得很好，但秦樂之還是看見了她眼神微妙的變化。

兩個想試衣服的女人順著店員看過來，眼神倒是沒有遮掩，明明白白地寫著「沒看出來是同一件裙子」。

秦樂之的自制力已經完全壓不住臉色的變化，雙手不知道該放在哪裡，乾脆抽掉了剛剛繫上的腰帶。

「醜死——」她下意識想說衣服醜，可是還沒說完，便看見沙發上的岳星洲坐直了，直勾勾地看著鄭書意，目光追著她的腳步。。

秦樂之從未在岳星洲臉上看見過這種眼神。

驚豔之外，雖然極力克制，卻依然有不甘與後悔流露出來。

秦樂之緊緊蹙著眉，手心發熱，轉頭走向另一方。

繞過一排衣架，秦樂之剛伸手要拿一件裙子，另一隻手也伸了過來。

她抬頭，看著鄭書意，見她諷刺地笑了一下。

「妳跟我的品味還真是一致。」

兩人對視一眼，各自拿著同一款裙子走向試衣間。

兩人就像在無聲地較量一般，一連試了五套衣服。

每一次出來時，之前的場景又重現。

秦樂之拗上了，一點也不服輸，衣服一件件地往櫃檯放。

可每一次，她都清楚地看見周圍人的目光，和剛才並無區別。

在試了第六件以後，秦樂之站在試衣間裡，聽著隔壁的動靜，回想起剛剛的一幕幕，氣血上湧，難以冷靜。

她抓起最後一件衣服，和鄭書意同時走出試衣間。

目光輕輕掃過鄭書意後，她笑了一下，迎面挽住岳星洲的手臂，「親愛的，這幾件我都喜歡，你都買給我嘛。」

鄭書意自認是聲音比較嗲的人了，但是聽到秦樂之的語氣，還是起了一身的雞皮疙瘩。

而秦樂之看見鄭書意皺眉，心裡的鬱氣終於緩解。

只是她沒注意到，岳星洲的臉色突然變了。

這家店的價格並不便宜，冬裝沒有低於三千的，又不是打折季，這幾件全都買下來，少說也要幾萬塊。

他沉默著，沒有立刻動。

秦樂之晃了晃他的手臂，「快點嘛，等一下我們要去吃飯。」

但面子在這裡擱著，做為男人，岳星洲不可能在大庭廣眾下拒絕女朋友的要求，只能慢吞吞地朝櫃檯走去。

店員樂開了花，同時也看向鄭書意，「小姐，這些衣服您要嗎？都挺適合妳的。」

聞言，秦樂之也看向鄭書意，眼裡的得意毫不遮掩。

這時，一陣張揚的高跟鞋聲音傳來。

秦時月手裡挎著明晃晃的珍稀皮包，頭髮上架著墨鏡，朝鄭書意走來，「姐，選好了沒？」

鄭書意沒想到她真的奔赴八卦前線，被她的行動力震驚得說不出話。

秦時月往店裡一掃視，成雙成對的只有秦樂之和岳星洲，再和鄭書意交換個眼神，她就什麼都明白了。

「別糾結了，我幫妳選。」她朝秦樂之走去，看了她選的幾件衣服一眼，朝店員說道：「這件、這件、這件……哎呀，就她選的這幾件——」

店員們一聽，喜出望外，連忙上前。

又來一個闊氣的！

「都要嗎？」

「對。」秦時月從包裡掏出一張卡拍在櫃檯上，「除了這幾件，其他所有款式都按照我姐的尺碼包起來。」

鄭書意：？

秦時月扶了扶墨鏡，經過秦樂之身邊時，笑吟吟地說：「這位大姐真是眼光精準，幫我挑出了最醜的幾件，省得我再費力氣。」

秦樂之愣在原地，臉色正在以肉眼可見的速度變黑。

店裡鴉雀無聲，濃濃的火藥味吸引得其他客人都紛紛張望過來。

店員們更是一時不知道該做何反應，在狂喜和掐醒自己之間徘徊。

只有鄭書意，還有點茫然，看著秦時月，眨了眨眼睛。

秦時月走到她身旁，低聲道：「沒事，我刷我舅舅的卡，他有錢。」

第九章　愛心小蛋糕

這衣服，買，還是不買，對於秦樂之來說，成了一個難題。

買吧，就落實了秦時月嘴裡的「眼光精準，挑出了全店最醜的幾件衣服。」

不買吧，面對秦時月明顯的針對，店員們也都看在眼裡，就這樣灰溜溜地走掉未免太丟人現眼。

而鄭書意眼看著店員直接一套表格拉到底，印出了單子，站在櫃檯邊，小聲跟秦時月嘀咕：「不是，妳真的要買啊？」

秦時月很認真地點頭：「當然真的買啊。」

鄭書意：「這不太好吧。」

秦時月：「沒什麼，我小舅舅的副卡，他無所謂的。」

鄭書意直搖頭：「那更不好了吧，我跟妳小舅舅又不認識。」

「哎呀都說了要買了怎麼能反悔呢！」秦時月進入打臉劇本無法自拔，有些投入，一股今天就要簽單誰勸也不好使的架勢，「就當妳請我看演唱會的回禮。」

——以及之前事情的一點點補償。

當然這句心裡話她不好意思說出來。

刷刷兩下，她刷卡，簽字，一套動作一氣呵成，攔都攔不住，比她整理稿子的時候快多了。

大手一揮後，婊裡婊氣地看向秦樂之和岳星洲，「謝了啊姐。」

「妳神經病吧——」原本逛這家店的路人都站在這看熱鬧，秦樂之咽不下這口氣，指著秦時月就要上前，卻被岳星洲拉住。

幾個店員團團圍住秦時月和鄭書意，四周還有不少看熱鬧的人。

秦時月在人群中回頭，一臉張揚，「妳怎麼罵人呢？我花錢買衣服怎麼了？花妳家的錢了？」

「行了行了！」岳星洲拉住憤憤不平的秦樂之，把她往外面拽，「不買了，這幾件確實不怎麼好看。」

「不好看是嗎？」秦樂之冷笑，用只有他聽得見的聲音說，「我看你剛剛眼珠子都要黏到人家身上了。」

明晃晃的燈光照得鄭書意有些迷茫。

而店員們有望一天完成整個季度KPI，看兩人的眼神就像看親媽一樣，讓鄭書意有些騎虎難下。

她感覺有錢人的腦迴路大概真的不太正常。

不過鄭書意還是換上那件紅裙子，走出商場時，手裡還捏著一大堆快遞單。

像個燙手山芋，實在不知道該怎麼處理。

甚至已經開始盤算之後去退了，錢應該會直接退回秦時月的卡上。

兩人站在路邊，車鳴聲不絕於耳。

「等一下去哪啊？」秦時月戴上墨鏡，準備打電話給司機，「要不要一起去吃晚飯？」

鄭書意搖頭道：「不了，我約了人吃飯。」

聽鄭書意的語氣暗含著喜悅感，秦時月朝她看去。

兩人對了對眼神，鄭書意揚眉，露出意味十足的笑。

「哦哦！我懂了！」秦時月恍然大悟，揶揄地笑，「怪不得專門出來買衣服呢。」

鄭書意笑著說：「聰明。」

秦時月朝她豎起大拇指，「厲害！快去快去！加油！爭取早日拿下小舅舅！氣死他的外甥女！」

沒想到會在商場耽誤這麼久，和秦時月告別後，鄭書意急匆匆趕回家裡，剛下車，便看見時宴的車緩緩開過來。

鄭書意瞅了自己手裡拎的好幾個購物袋一眼，略一思忖，邁開腿就往社區裡面快步走去。

倒不是別的原因，她只是想先把購物袋放下。

而且今天為了出門逛街，專門穿了平底鞋，鄭書意覺得不太好看，想先回家再換一雙高跟鞋。

可是她沒走幾步，後面的車已經停穩。

「鄭書意。」

聽見他平靜地喊她名字，鄭書意下意識停下腳步，緩緩轉頭。

時宴車窗降了下來，從鄭書意這個角度，只能看見他隱在陰影後的半張臉，眸色幽深，正看著她。

「上車。」

「哦。」

鄭書意只好拎著一堆購物袋上車。

紙質袋子塞進座位時，一陣窸窸窣窣響動，橫放在鄭書意腳邊。

時宴側頭看了一眼，幾不可查地皺了皺眉。

商務用車，從來沒堆放過這些亂七八糟的東西，滿滿當當地堆在腳下，看起來有些突兀。

鄭書意渾然不覺哪裡不對，對著車窗理了理頭髮，也沒問時宴要去哪。

期間時宴看文件，鄭書意也不打擾，安安靜靜地坐在一旁。

半個小時的車程後，車輛開進郊區，過了國道，車轉向一處風景區，繞著湖邊，停在一處中式園林門口。

這座半對外開放的園林是程家產業，私密，但環境雅致，是不少鍾情於中式宴會的人的不二之選。

今日程家老先生在自家舉辦的晚宴並非正式商務宴會，是他多年來的習慣。

當年老先生中年喪子，膝下再無人承歡，也沒有緣分再得孩子，孤單了一些時日，便開始舉辦家宴，親朋好友們都帶上家裡的晚輩來參加，程老爺子也喜歡看著孩子們熱熱鬧鬧的。

十多年下來，這個習慣一直沒改，孩子們也都長大了，各自習慣攜伴出席，觥籌交錯間，人際關係慢慢織成了一張網，這每年年底的聚會變相成了這群年輕人的固定社交。

只是鄭書意並不知道這些，她跟著時宴進入園林深處，才感覺到氣氛好像有些不對。

廊腰縵迴，簷牙高啄，還有小橋流水四處圍繞。

這裡怎麼看，也不像是男女之間吃晚飯的地方呀。

鄭書意兩三步上前，處於和時宴並肩的位置，「這裡是吃飯的地方？」

時宴正要說話時，側頭看向鄭書意的時候，腳步頓了一下。

眼神掃過鄭書意頭頂，落在她昂頭看他的臉上。

沒穿高跟鞋的她，陡然降了一截，俯視她時，臉更小了。

時宴突然低聲道：「怎麼這麼矮？」

鄭書意：？

不回答就不回答，突然人身攻擊是什麼意思？

「大家都是一百多公分，我矮怎麼了，人家公車也沒收我半價。」

「……」

在穿過一條很長的實木走廊時，鄭書意終於得知，今天並不是她跟時宴單獨的晚飯，而是時宴的一個長輩舉辦的晚宴。

鄭書意頓時停下了腳步，「不是說陪我吃晚飯嗎？」

時宴神色淡淡地看著她，「這不算陪妳吃晚飯？」

鄭書意：？

好吧。

她垂著腦袋，哼了兩聲，「你明知道我不是這個意思。」

時宴：「那妳是什麼意思？」

鄭書意抬頭看了他一眼，憋了一下子，還是什麼都沒說。

算了，有的人你是不能跟他講道理的。

行至門口，時宴停下腳步，看了鄭書意一眼。

他單手插入口袋，手臂間留出一個自然的弧度。

鄭書意會意，挽住他的手。

那麼現在，她就是以時宴的女伴身分出席這場晚宴。

但這並不能讓鄭書意高興。

工作原因，她們也時常受邀參加各類宴會酒會，非常明白在這類場合，男性都會攜女伴入場，可能是妻子，可能是女朋友，也可能是同事，甚至可能只是僅有一面之緣的朋友。

所以鄭書意心想，對於時宴來說，他肯定經常攜各種女伴出入，根本不會把這當一回事。

今天不是她鄭書意，肯定也會有別人。

難怪時宴昨晚答應得那麼爽快，或許正在物色女伴人選，她就撞上去了。

唉。

鄭書意難免有些無語。

商人就是商人，不賺錢的生意真是一點都不沾。

不過好在這場晚宴似乎更接近 feast 的性質，並不嚴肅，甚至不用正裝出席。

並且今年是中式晚宴，社交性少了許多，就是這群晚輩們在年前聚在一起吃個飯。

園林裡最大的包廂，只安排了四桌，以翡翠屏風相隔，在聚會的性質中保留了些許私密性。

時宴進來的那一刻，便有坐在正對門的位子的人，跟他打了個招呼。

在人群裡，時宴向來是眾人所矚目的那一個。

一聽見他來了，不少人紛紛投來目光。

鄭書意站在時宴旁邊，挽著他的手，感覺到不少人也在好奇地打量自己。

有這麼大驚小怪的嗎？

鄭書意不解，攜伴出席宴會不是很正常的事情嗎？

卻不知，在座不少人交換眼神後，各種猜想已經在微妙的表情裡悄悄浮動。

隨後，某個聊天群組開始狂跳訊息。

——『這就是那個傳說中的時宴車上的女演員？』

——『沒見過啊，看來是十八線吧。』

——『據說演技很好？』

——『看長相是真的不錯，就是完全沒有名氣啊。』

——『就憑這長相，不出半年就能紅到一、二線吧。』

——『要不要上前打個招呼認識認識，以後搞不好就是頂流女星了。』

於是，時宴和鄭書意剛落座，還沒來得及介紹，就有人主動上前。

「我最近不太關注娛樂圈啊。」一個坐在對面的年輕男人看著時宴，指了指鄭書意，問道，「這位是？」

「啊！我知道！」不等時宴回話，一個女孩子說道：「您是前段時間那個網劇《蕭蘭王妃傳》的女主角吧？」

她這麼一說，另外一個女孩子又接話：「對對對，這麼一說我想起來了，當時我們還說女主角很漂亮呢，沒想到現代裝更好看。」

鄭書意：？

時宴側頭看了她一眼，沒說話。

鄭書意只能訕訕一笑，說道：「你們可能是認錯了，我是《財經週刊》的記者。」

眾人恍然大悟中，又帶了些異樣的眼神。

很快，群組又活躍了起來。

——『昨晚還跟女演員共度春宵，今天就換了個美女記者？』

——『時總強啊！』

——『帶來程叔叔的家宴了，看來這位記者更得歡心啊。』

——『時總果然還是喜歡比較有內涵的哦。』

——『心疼某位女演員（點蠟燭）。』

鄭書意絲毫不知時宴的風評已經在無形中被害，默默吃飯，默默聽他們聊天，也不怎麼插話。

直至接近尾聲，鄭書意實在有些無聊了，便拿出手機看了看。

螢幕上顯示，有來自岳星洲的幾則簡訊。

她皺了皺眉。

當時果斷地拉黑了岳星洲的聊天帳號與社群帳號，但因為平時除了工作以外基本不用電話聯絡，所以忘了還有手機簡訊這一招。

她打開手機，看見岳星洲傳了兩封簡訊給她。

二十分鐘前。

岳星洲：『書意，妳有空嗎？』

五分鐘前。

岳星洲：『我有些話想跟妳說。』

鄭書意掃了一眼，正想拉黑這個號碼時，對方又傳來了一則。

岳星洲：『書意，妳忙嗎？現在在做什麼啊？』

鄭書意心裡冷笑一聲，啪啪打字。

鄭書意：『做愛。』

傳出去，鄭書意想象著岳星洲臉綠的樣子，頓時神清氣爽，嘴角慢慢勾起弧度。

幾乎是同時，她感覺到什麼，下意識緩緩朝左邊轉頭。

情理之外，又意料之中地對上了時宴的目光。

他眼瞼一垂，視線掠過鄭書意的手機螢幕，又再次回到她臉上。

空氣在這一刻凝滯。

鄭書意嘴角的笑容僵住，面無表情，機械地轉過頭，機械地打字，在時宴的注視下補了三個字過去。

鄭書意：『心蛋糕。』

傳完，放下手機，鄭書意眼觀鼻鼻觀心。

身旁的那道視線終於緩緩離開她身上。

他什麼都沒說，卻比說了什麼更讓人尷尬。

席間交談依舊，言笑晏晏，與半分鐘前的氣氛並無區別。

鄭書意也看似正常，如剛才一般地擺出嫺靜、溫柔的樣子，一言不發地微笑著。

只是，兩分鐘後，有人看見鄭書意慢吞吞地將面前的碗推開，然後雙手掌心向上併攏，放在桌上。

隨後，她整張臉埋了進去。

肩膀一縮，頭髮垂下來，整個人像鑽進了某種洞裡。

有人問：「她怎麼了？」

時宴垂眸看她一眼，手掌輕輕撫過她微顫的後腦勺。

「不太清楚。」他平靜地說，「可能是飯菜不太合胃口。」

之後桌上再說了什麼，鄭書意一概不知道了。

她只知道，有的人活著，但已經死了——俗稱社會性死亡。

鄭書意捂著臉做了許久的心理調整，等到飯桌上的話題已經澈底沒有任何「飯菜」的影子了，她才緩緩抬起頭。

幸好，時宴沒有任何表情波動，甚至都沒看她一眼。

鄭書意鬆了口氣，從來沒有哪一刻如此希望時宴不要看他。

可是沒過一多久，有服務生敲門進來，往在座所有女士面前上了一份小蛋糕。

鄭書意：「……」

她的背脊再次僵硬，靈魂出竅一般看著面前的小蛋糕，耳邊嗡嗡作響。

「誰點的啊？」有人問。

時宴慢條斯理地擦了擦手，說道：「我點的。」

鄭書意：「……」

時宴：「有人比較喜歡吃蛋糕。」

鄭書意：「……」

她還是盯著眼前的蛋糕。

粉色慕斯，白色奶油，綴著兩顆櫻桃，很可愛，口感應該也很細膩。

但不知道為什麼，這個蛋糕在鄭書意眼裡，看出了一股色情的感覺。

總覺得，時某人在諷刺她。

廊下小溪偶有枯葉落下，隨著潺潺流水沉浮飄蕩。

幾盞古式燈籠照在畫柱上，將人的臉龐映得影影綽綽。

四周安靜，一行人邊走邊聊，寒暄不斷，帶了些酒後的微醺，氣氛和睦融洽。

只有鄭書意格格不入。

她不像來時般臉上又隱隱的雀躍，連眼尾都帶著笑。

這時默默地跟在時宴身邊，垂眸不語，甚至看起來有些面無精打采。

有幾個女生試圖在路上跟她聊兩句，卻被她冷冷的眼神擊退，最後只能跟時宴插話道：

「你那位朋友不太喜歡說話啊。」

時宴睇她一眼，「嗯」了一聲，「她的性格比較內斂。」

眾人在停車場告別。

司機一直候著，將車開到時宴和鄭書意面前，泊車員上前，先為鄭書意打開車門。

鄭書意一股腦鑽了進去，關上門後，縮在角落裡。

沒多久，時宴從另一側上車。

鄭書意從車窗玻璃裡看見他躬身上車，一股屬於他的氣息湧進這封閉空間。

現在只要他呼吸，鄭書意都能感覺到一股令人窒息的尷尬。

性格使然，鄭書意並非那種能黃段子與渾笑話齊飛的女孩子，平時和朋友聊天都不好意思接帶顏色的梗。

今天若不是想氣岳星洲，她是絕對說不出這種話的。

至少在異性面前，她向來保持著知性嫻靜的人設，以維持自己的職業形象。

特別是在時宴面前，她自認為人設操得飛起。

——雖然時常翻車。

但，看起來應該也算是無傷大雅的小問題吧？

可是今天這事，她真的覺得自己無地自容。

說自己在「做愛」就算了，還被他刻意諷刺，那一刻，她似乎聽見精心維護的形象碎得稀巴爛的聲音。

鄭書意想，要是她在其他時候傳這個訊息也就罷了，偏偏是在她跟時宴在一起的時候。

那一點點微妙的關聯，讓她感覺兩人間的氣氛變得十分難以言說。

「先送鄭小姐回家嗎？」前排司機突然問。

「嗯。」時宴應了一聲。

鄭書意依舊不說話，手指摳著車窗邊緣，隨時關注著倒映裡時宴的表情。

他上車後其實沒什麼異樣，一直在看手機，跟平時一樣，幾乎不當車上還有其他人。

車開得很快，一路朝著鄭書意家的方向飛奔。

很快，社區的大門已經進入視野。

鄭書意心裡吊著的那一口氣終於鬆了點。

幸好時宴沒再在車上說點什麼嘲諷她兩下，不然她真的會找個地洞鑽進去。

車甫一停下，鄭書意就飛速拉開車門準備下車，「我先走了，謝謝。」

她此刻反而慶幸自己穿著平底鞋，動作俐落，溜得飛快。

但剛剛關上車門，她又聽見時宴叫她。

「鄭書意。」

鄭書意一下子心口都皺縮了，假裝沒聽見，拔腿就走。

但沒走幾步，她便聽見後面傳來腳步聲。

來自第六感，根本不需要看就知道是時宴下車了。

鄭書意一個激靈，反而走得更快。

可惜她的行為表現得太明顯，直到手腕被人抓住，她還下意識在掙扎。

下一秒，她便被按著肩膀，推到一旁的樹幹上。

時宴比她高出許多，低頭睨著她，燈光綴在他鏡片裡倏忽的光影，看得鄭書意陡然屏住呼吸。

「我在叫妳，妳沒聽見嗎？」

他的語氣冷冷淡淡的，鄭書意感覺到他似乎有些不高興。

「我聽見了……」

「那妳著什麼急？」

鄭書意被他的視線壓迫得很緊張，此刻只想早點回家，一時不知道該如何回答。

時宴抬了抬眉梢，居高臨下地看著她，「著急回家做小蛋糕？」

「……」鄭書意抬頭，這才看清楚，他鏡片後的雙眼，分明帶著笑意，「時宴你好煩啊！」

看見她惱羞成怒的樣子，時宴反而鬆開了手，笑意慢慢收了，轉身朝車走去，丟下一句話，「把妳那些亂七八糟的東西拿走。」

「……」

鄭書意抱著幾個購物袋回到家裡，往床上一倒，盯著天花板思考人生。

包裡的手機一直震動，她過了好一陣子才拿出來看。

在收到那兩則回覆後，岳星洲又連續傳給她好幾則簡訊。

分別是一個問號，和十幾個問號。

他的簡訊還在源源不斷地進來。

岳星洲：『書意？妳在說什麼啊？』

岳星洲：『妳是不是喝多了？』

岳星洲：『妳還好嗎？』

鄭書意煩躁地把頭髮薅得亂糟糟的，使勁戳螢幕打字：『你有病啊！打擾人做愛天打雷劈！』

傳出去後，刪除、拉黑一番操作，鄭書意又躺回床上。

沒過多久，訊息提示又響了兩下。

鄭書意猛然睜開眼睛，下意識覺得是時宴傳來的訊息。

她慢吞吞伸手摸到手機，腦海裡已經想像好了對話。

要是時宴再敢拿這件事諷刺她，她就回：『對對對！就是做小蛋糕！你做不做！不做就滾不要打擾我做！』

不過好在打開訊息後，不是時宴的。

鄭書意鬆了一口氣的同時，渾身的緊繃的神經也終於鬆懈下來。謝天謝地謝廣坤。

秦時月：『怎麼樣？』

秦時月：『今天進度怎麼樣？』

鄭書意：『（淚流成河.jpg）。』

鄭書意：『別提了，今天這場面妳絕對想不到，本鹹魚不僅沒有翻身，還黏鍋了TVT。』

秦時月：『笑話，我什麼場面沒見過？』

秦時月：『說來聽聽。』

鄭書意：『我不是跟他一起吃飯嘛，結果前男友突然傳簡訊問我在做什麼，我就回了個「做愛」，結果被他看見了。』

鄭書意：『後來他還一直諷刺我。』

秦時月：『這場面我真的沒見過……』

秦時月：『我如果是妳都要尷尬死了吧哈哈哈哈哈。』

看著秦時月那一連串的「哈哈哈」，鄭書意把頭埋進枕頭，悶了好一陣子才起身去洗澡。

第二天是禮拜天，鄭書意哪裡也沒去，就在家裡待著看書，十分安分。

週一下午，她收拾行李，前往機場。

這週婺城有個國際論壇，需要鄭書意去出差，為期一週。

婺城是西南城市，天氣濕冷，鄭書意一走出艙門口，便感覺到一股刺骨的寒冷。

好在畢若珊已經來機場接她，遠遠在出口朝她揮手，「書意！這裡呢！」

兩人自大學畢業後，只見過寥寥幾面，每次說要一起去旅行，總會被各種事情打亂計畫。

而婺城是畢若珊的老家，畢業後她便回來工作，得知鄭書意這次要來出差，東道主把一切都安排得妥妥當當。

第一天晚上，畢若珊帶她去吃當地的特色菜。

吵鬧的小餐館裡，兩人坐在最角落的桌子，吃到同時來的客人全都走了，她們還在加點飲料。

老友相聚，本就有說不完的話，更何況鄭書意這段時間發生了太多事，話題一打開，連飯都沒時間吃幾口。

特別是說起時宴的事情時，畢若珊聽得一愣一愣的。

「真的假的？銘豫銀行的總裁欸！妳也敢？」

鄭書意：「有什麼不敢的，總裁就不是男人了嗎？」

畢若珊給她鼓掌：「我跟妳說，妳再這樣浪費勇氣就別怪人家梁靜茹改搖號發放了啊。」

鄭書意：「……」

待暮色緩緩降臨，畢若珊帶她去看婺城最有特色的江邊夜景。

這裡的夜晚沒有鋼筋水泥的喧囂，多了幾分恬靜，兩人站在燈下自拍了幾張，便結束今天的小聚。

回到酒店，鄭書意選出一張最好看的合照，發了動態。

『好久不見，有點點想念哦。』

接下來的四、五天，鄭書意白天的工作安排得滿滿當當，晚上畢若珊帶她各處遊玩，好吃好喝好玩的應接不暇，很快便樂不思蜀了。

只是每天晚上，鄭書意躺上床，試圖騷擾一下時宴時，便會想到那天晚上的小蛋糕。

由此，聊天記錄便一直停留在幾天前。

臨走的前一天晚上，鄭書意吃過晚飯就回了酒店。

一個人躺在房間裡時，窗戶隔絕了外面的雜音，鄭書意握著手機，在到底要不要傳訊息給時宴的糾結中，慢慢睡著。

與婺城千里之隔的江城，此時正下著陰雨綿綿。

冬天的雨向來讓人睏倦，即便這時時宴正值應酬晚飯時間，合作夥伴們酒後話多，侃侃而談，也不太調得起他的興趣。

桌上的手機突然響了一下，時宴拿出來看了一眼，是祕書傳給他的下個月的行程表。

時宴打開圖片掃了一眼，興致缺缺，聊天列表往下一滑，鄭書意的卡通大頭照在一眾商務頭像中格外顯然。

時宴的手指停頓在這裡。

忽覺，這個人好像已經很久沒有動靜了。

鬼使神差地，他點進她的動態，看見了她幾天前更新的一張照片。

鄭書意裹著一條毛茸茸的圍巾，還帶著一頂毛線帽，臉幾乎被遮了大半，只露出一雙眼睛，和隱隱能看見被凍紅的臉頰。

看著照片，時宴腦海裡突然跳出前幾天的晚宴上，她把自己的臉埋進手心的樣子。

原來她也會害羞，害羞的時候居然是這種反應。

時宴無聲地笑了一下，目光終於緩緩轉移到照片的背景上。

他兩指一拉，將照片放大。

鄭書意身後是一處陌生的大橋，霓虹燈光裡能看見遠山的輪廓，一切景物都不屬於江城這個地方。

時宴看了一下，退出圖片，才注意到鄭書意的配字：『好久不見，有點點想念哦。』

耳邊的人聲忽然變得有些遠，聽不真切，時宴彷彿抽離於這個環境，獨獨看著手機螢幕上的那句話。

身旁的人突然出聲打斷時宴的思緒：「這不是上次那個記者嗎？」

說話的人正是關向成。

今晚這個應酬，正巧請了關向成來坐鎮。

他坐在時宴旁邊，見他興致缺缺，反而看著手機，往哪一瞥，便看見了鄭書意的照片。

「我前兩天看了她最新發表的的文章，就是你的採訪，寫得還真是不錯。」關向成說，「小女生看起來年齡不大，筆力還是很鋒利的，比很多男人寫得都更犀利。」

說完，他頓了一下，想起隱隱聽過時宴和某不知名女演員的傳聞，意有所指地問：「怎麼最近沒見到她了？」

夜裡十點，鄭書意被一道雷聲驚醒。

她迷迷糊糊地坐起來。

窗外燈光透亮，風聲靜謐，偶爾有吹落樹葉的聲音。

現在是冬天，俗話說，冬天打雷雷打雪。

這說明，黎明到來時，婺城可能已經銀裝素裹，墜在柔軟的雪裡。

鄭書意生長在海濱城市，後來到了江城，也是個常年不見雪的地方。

此刻想到畢若珊每年冬天發的婺城的皚皚白雪，鄭書意有些心動。

反正是週末了，多逗留兩天也不是不行。

正思忖著，手機突然響了一下。

時宴：『什麼時候回江城？』

鄭書意盯著這則訊息看了很久，差一點以為自己是在做夢。

很久之後，她才緩緩打了一個問號過去。

鄭書意：『？』

時宴：『關叔叔想見妳了。』

關叔叔？

鄭書意想了一下，大概是睡得有些迷糊，一時間沒記起是哪一號人物，又緩緩打了幾個問號過去。

傳送的那一瞬間，腦子突然清醒。

關向成！

原本時宴主動傳訊息給她，鄭書意還有些驚詫意外，和一點竊喜。

可是一說到關向成想見她了，她現在滿腦子都是這個重量級大佬，再也沒有心思去想時宴的不正常舉動。

鄭書意：『關向成關先生？』

鄭書意：『他想見我了？』

鄭書意：『他想見我幹什麼？』

氤氳著奢靡的香菸與酒氣的包廂裡，眾人推杯換盞之間，無外乎生意上的你來我往，言語裡充斥著阿諛奉承，實則寸步不讓，氣氛一度劍拔弩張。

時宴在這氣氛裡，落入眼裡的，卻是鄭書意幾乎快占了滿螢幕的問號。

他取下眼鏡，揉了揉痠脹的眉心。

聽著周圍人的唇槍舌戰，時宴反而像個局外人，又點進鄭書意的動態，看了那張照片一眼。

似乎千里之外的晚風吹了過來，帶著江水的寒露，夾著山間的清香，在著封閉的空間裡彌漫開來。

再退出來時候，又有兩則訊息。

鄭書意：『你別吊我胃口，快說快說。』

鄭書意：『（瑟瑟發抖 .gif）。』

時宴：『他願意接受妳的採訪。』

鄭書意看到這幾個字的時候，被喜悅沖昏了頭腦，一連傳了五個「謝謝老闆」的小人磕頭貼圖。

鄭書意：『好呀好呀！』

鄭書意：『我立刻就回去！』

她躺在床上，心砰砰跳。

這種出現在教科書裡的人物，她做夢都沒想過自己在這個階段就能和他有工作交流。

像一塊餡餅突然砸暈了自己，鄭書意翻了個身趴在床上，好一陣子，思緒從喜悅裡跳脫出來，逐漸清醒。

她的表情漸漸變得嚴肅，甚至還有些迷惑。

打開手機，緩緩又傳了個問號給時宴。

時宴：『妳怎麼整天這麼多問號？』

鄭書意打出一行「不是……我就是想問一下……」，猶豫了一下，又刪掉。

她只是想問，她什麼時候申請關向成的採訪了？何來關向成願意接受她的採訪？

可是時宴那句硬邦邦的話直接把鄭書意的念頭打消。

第二天早上，她果然接到了來自關向成工作人員的電話。

來意則是跟她敲定時間等細節，鄭書意看了看自己接下來的工作安排，說道：「我這邊應該都可以，時間比較靈活，可以隨時調整。」

工作人員：『嗯，那我看看，下週可以嗎？時間可能稍微有點趕，不過話題比較輕鬆。』

「可以。」鄭書意又說，「我今天就趕回來做做準備。」

工作人員：『您在國外還是？』

鄭書意：「我在婺城出差。」

工作人員：『嗯，您稍等一下。』

對方放下電話，和身旁的關向成說一下情況。

「婺城啊……」關向成出了一下神，直接從祕書手裡拿過電話，『沒事沒事，不著急。』

他頓了頓，看著窗外光禿禿的樹幹，想起自己多年前曾被婺城的景色驚豔，便說道，『婺城的雪景很出名，妳就在那裡多玩幾天也沒關係的，我也要下週末才有時間。』

「嗯，好的，謝謝！」

沒想到關向成這麼好說話，鄭書意掛了電話，還有些恍惚。

窗外早已天光大亮，她慢悠悠地起身，拉開窗簾，鵝毛大雪落入眼中。

整個城市雪白一片，連樹葉都被軟綿綿的雪包裹著。

鄭書意神情微動，拿出手機，在改簽與出發去機場之間猶豫。

可是不等她下定決心，航空公司倒是幫她做了決定。

一封簡訊寄了過來，提醒道，因為天氣原因，航班延誤。

鄭書意一提氣，心安理得地改簽。

隨後，立刻打電話給畢若珊。

恰逢週末，畢若珊也閒著，本想著今天要送走鄭書意了，突然得知她要多留幾天，簡直比她還興奮，立刻開車來酒店接她。

婺城的雪景，聞名在於其婺山。

冰封世界裡，湖邊凍成玻璃，崎嶇山路也化為冰雪的搖籃。

畢若珊在這裡訂了家位置絕佳的民宿，房間落地窗，一拉開窗簾，外面就是冰天雪地，像住在童話世界。

鄭書意在這裡玩了兩天，拍了一百多張照片，幾十段影片。
第一天中午，九張雪景圖在動態橫空出世。
同天下午，鄭書意玩雪的照片拚了九宮格都不夠發。
這天晚上，酒店的篝火晚會在動態進行了現場直播。
第二天亦是如此。
此時的鄭書意，像極了一個沒見過世面的南方人。
她沉迷於這裡，不僅僅是因為很少看見雪，也是因為這段時間身體與精神壓力都很大，難得有機會放鬆，還有老朋友陪著，像躲進了幻想世界。
這個世界裡，沒有工作，沒有岳星洲，沒有秦樂之，也沒有難搞的時宴。
到了臨行前的時候，清晨七點，鄭書意和畢若珊坐上下山的巴士，看著窗前飛逝而過的雪景，呢喃道：「真不想走啊。」
畢若珊哼哼兩聲：「可以啊，妳再請兩天假唄，妳主管好說話，肯定同意的。」
鄭書意靠著車窗，不說話，看樣子，是真的心動了。
畢若珊反而覺得有些好笑，「就這麼捨不得啊？忘了江城還有一番大事業？」
鄭書意轉頭，和她對視片刻，才反應過來她是什麼意思。
「哦，妳說時宴啊。」

鄭書意又冷哼：「說得好像我立刻回去就能怎麼樣似的。」

話雖這麼說，但因為畢若珊的提及，鄭書意想到時宴，便有些心癢癢。時不時騷擾他一下都快成了一種習慣，幾天沒動靜，反而有些不自在。

反正人已經要回去了，大事業總要幹下去。

於是，鄭書意拿出手機，斟酌一下用詞。

想來想去，只傳了簡單的四個字：『我回來啦！』

這還是加上好友之後，鄭書意第一次傳這些有的沒的東西給他，心裡有些忐忑，不知道他會怎麼回。

抑或是，根本就不回。

巴士緩緩下山，輪子上捆著鐵鍊，速度極慢，還起伏不平，讓人難受。

鄭書意靠著座椅，在濁悶的空氣裡昏昏欲睡時，手機突然震動了一下。

時宴：『還挺早。』

鄭書意的意識在這則訊息裡慢慢清醒。

她盯著這三個字看了許久，不知道為什麼，總品出一種陰陽怪氣的感覺。

一旦接受這種設定，鄭書意甚至能想像時宴在手機那頭冷笑的樣子。

如果真的是這樣，那時宴就是在嫌她離開太久了。

沒有她在眼前晃，他是不是已經開始不習慣了。

鄭書意想著想著，車突然顛簸一下，全車人驚呼，她的頭撞到了車窗上。

一陣疼痛襲來，鄭書意清醒了，並全面推翻上一刻的自己。

時宴怎麼可能陰陽怪氣！

他只會手起刀落讓人血濺三尺。

但這並不妨礙鄭書意想發揮一下。

鄭書意：『你今天說話語氣怪怪的。』

這一次，對面幾乎是秒回。

時宴：『妳想多了。』

鄭書意忍住笑打字：『怪可愛的。』

等了很久很久，對面沒回，甚至連抬頭的「對方正在輸入」都看不見。

鄭書意垂下腦袋，隨著車晃來晃去。

她好像發揮過頭，又把天聊死了。

當天下午，鄭書意回到江城，剛經過社區大門，被保全叫住。

「小姐、小姐！」保全腦袋探出窗口，朝她揮手，「妳是鄭書意吧？」

鄭書意點頭，「怎麼了？」

保安皺眉道，「妳的快遞到了幾天沒來拿，太多了，放都放不下，我幫妳搬到物業辦公室了，妳記得去拿一下。」

說完，保全打量她幾眼，「算了，妳搬不動，我幫妳搬吧。」

有快遞不奇怪，只是保全說「太多了」，鄭書意愣了一下，很快反應過來。

秦時月買的那一整家店的衣服，到了。

「不用不用。」鄭書意攔住想要幫忙的保全，沉沉地嘆了一口氣。

本以為今天奔波了半天，回到家裡可以好好休息，沒想到卻要來處理這些東西。

晚飯時間，時宴的手機連續震動。

他看了一眼，是來自銀行卡的退款訊息，一連傳了七、八封。

時宴看了身旁的秦時月一眼，她正把手擺在桌布上，拿著手機對著花裡胡俏的指甲左拍又拍。

原本收到銀行的扣款訊息，時宴向來不在意，秦時月的消費能力如何，他心裡很有數。

但收到退款訊息，還是第一次。

「轉性了？」時宴不冷不淡地問，「知道不合適的東西要退掉了？」

秦時月發現時宴是在跟她說話，愣了片刻，「什麼呀？」

退貨？這兩個字並不存在於她的字典。

買回家的東西，不合適就落在那裡生灰塵，怎麼樣都比退掉方便。

時宴不語，下巴朝手機一抬，秦時月恍然大悟。

「哦！那個啊！不是我退的，應該是書意姐退的吧。」

時宴的目光慢悠悠地掃過她的臉，「叫得還挺親熱。」

「她居然退了啊，唉……」秦時月喃喃自語，想著還是要跟時宴解釋一下，便先支支吾吾地說，「哦，就上次那個事情，我發現我好像是誤會她了。」

時宴抬了抬眉梢，示意她繼續說下去。

「所以我就想補償一下她，買了一點衣服給她，沒想到她全退了。」

時宴的手指敲了敲手機螢幕，「這個數目，叫做一點？」

秦時月默默埋下頭，不說話了。

時宴重新看向手機，一封封退款訊息擺在眼前，數字清晰明瞭。

倒也不是一個貪錢的人。

這一點，反而讓時宴陷入思忖。

週一清晨，辦公大樓裡很多人都還沒從週末的狀態中出來，手裡拿著咖啡，嘴上打著哈欠，渾渾噩噩地坐在座位上恍神。

鄭書意是個異類，她一進來便讓人感覺到一股昂揚的活力，走路帶風，臉上帶笑，一路上神采飛揚，引得眾人紛紛注目。

直到她進入唐亦的辦公室，打量她的目光才消失。

「什麼事這麼高興？」她一進去，唐亦便感覺到了她周身的氣氛，「又談戀愛了？」

鄭書意：「……」

「還沒呢。」她湊到唐亦面前，笑吟吟地說，「我這週有關向成的人物專訪。」

唐亦沉默片刻。

隨後，緩緩抬眼，一字一句道：「哪個關向成？」

鄭書意聳肩：「還能是哪個關向成？」

唐亦又問：「妳沒開玩笑？」

鄭書意：「我敢拿這種事情開玩笑？」

唐亦吸了一口氣：「妳自己聯絡的？」

鄭書意想了想：「算是吧。」

唐亦眼裡的不可置信終於消失，化為狂喜。

關向成已經很多年沒有接受過公開採訪了。

如今他看似隱退，實則其勢力依然是一隻看不見的手，在操縱著這個市場。

仍舊是以鎮業界的一座大山。

他退居幕後多年的人物採訪，帶來的吸睛度絕對能居於雜誌社今年所有選題之最。

可是……

唐亦看向鄭書意，臉上又浮現出幾絲無奈，「妳可真會幫我找事。」

鄭書意：「怎麼了？」

唐亦垂眸想了想，朝她揮手：「沒事，妳趕緊把選題報上來，趕上這個季度最後一次重點版面。」

鄭書意笑著走出辦公室：「好嘞！」

孔楠早已按捺不住，見鄭書意出來，連忙問：「什麼事啊，這麼開心？」

辦公區外。

鄭書意悄悄跟她說了，孔楠一頓震驚，「可以啊，都年末了，妳今年的業績要上天了！」

「噓！」鄭書意見孔楠聲音有些大，低聲道，「低調、低調。」

孔楠朝許雨靈那邊看了一眼，點頭：「我懂，這次千萬要保密了。」

踩著時間來上班的秦時月一進來就撞見這麼一幕，連忙湊過來：「怎麼了？什麼事？」

鄭書意沒有打算跟她全盤交代，只是笑瞇瞇地問：「週末我要出個採訪，妳一起去嗎？」

一聽是週末，占用休息時間，秦時月連忙搖頭，「不去不去，週末我有很重要的事。」

「嗯，好吧。」鄭書意輕輕地搖頭，「這麼好的機會，妳可別後悔啊。」

秦時月完全不以為意。

不過另一邊，有人把她們的對話聽了個大概。

許雨靈打開電腦，半撐著太陽穴，一邊看著自己的採訪提綱，一邊輕嗤出聲。

與此同時，辦公室裡的唐亦盯著電腦，半是歡喜半是憂。

幾天前，許雨靈跑到總編那裡哭訴，說自己今年一個重點版面都沒有，當初搶鄭書意的採訪也是迫不得已，還說自己在雜誌社工作這麼多年，沒有功勞也有苦惱，現在這個待遇讓她很心寒。

說得總編煩了，推也推不走，只能吩咐唐亦把今年最後一個重點版面給她。

結果現在半路殺出鄭書意，也不知道上哪砸到大餡餅不早說。

關向成的人物採訪，若不是重點版面，業內怕是會覺得她們雜誌社腦子被驢踢了。

週末清晨，鄭書意為了讓自己看起來精神狀態好，特地早起跑步。

回來洗過澡，化了個淡妝，連香水都沒用，讓自己看起來足夠素淨。

由於是週末，和關向成約定的地點是他家裡，遠在郊區的老洋房住宅區。

這裡是江城老牌富人區，不少新貴為了撐門面，紛紛入駐這裡，倒顯得異常熱鬧。

早上九點，路上還有不少晨跑的年輕人。

鄭書意在門口下了車，不急不緩地朝關向成家走去。

她提前十來分鐘到達，站在門口，先拿出小鏡子檢查一下自己的妝容，隨後又把手臂伸長，左右看看自己的頭髮有沒有被風吹亂。

突然，面前的大門從裡面打開。

鄭書意還沒反應過來，時宴已經出現在她眼前。

清晨微風，從林蔭道上吹過來，有些冷，但也讓人醒腦。

時宴只穿著一件襯衫，在這個季節顯得有些單薄。

但他撐著門，姿態放鬆，臉上神情也有些淡漠，便讓人感覺他不是個能感知冷熱的人。

鄭書意的姿勢還沒恢復正常，昂著下巴，猝不及防與他對上目光。

清淡的燈光下，視線所及的一切都帶著晨間的鬆散。

而鏡片後，他的目光也淡淡的，但或許是因為眉眼深邃，注目於人的時候，會有一股攝住所有神思的吸引力。

鄭書意怔怔地看著他，下意識便說道：「你怎麼在這裡？」

時宴偏頭，眉梢一挑，不打算說話，卻已經表明了一切。

差點忘了，關向成是他叔叔。

在這裡偶遇，鄭書意感覺是天降緣分，止不住地開心，嘴角慢慢彎了起來，眼睛笑成了月牙。

「哦……那真是巧啊。」鄭書意揚著臉，「好久不見呀時總。」

話音落下，房子裡的保姆匆匆走過來接待鄭書意。

「請問是鄭記者到了嗎？快請進、快請進。」

保姆嗓門大，連外面的風聲都蓋住了，也掩住了時宴那一聲低低地「嗯」。

時宴側身，示意鄭書意進去。

關向成早些年妻子去世，兒女也都忙於工作，不常在身邊。

這棟三層樓的老洋房常年只有他和一位照顧起居的保姆居住，顯得空蕩蕩的，沒什麼煙火氣息。

此刻他坐在一樓會客廳，桌前擺著一套茶具。

青煙嫋嫋，茶香若有若無地縈繞在鼻尖，聞之有安撫人心的作用。

鄭書意隨著時宴走過去，見他隨意地坐在關向成對面，自己反而不知道該如何落座。

而關向成提著茶壺，一杯杯地倒下來，老神在在，問道：「來了？」

這是一種對鄭書意融洽地接納，其間善意不言而喻。

鄭書意也就不管了，直接坐到時宴身旁。

茶座並不大，座位緊緊相鄰。

兩人並肩而坐，衣衫相觸，發出窸窸窣窣的聲音，連氣息也在無形中交纏。

鄭書意一側頭，便能清晰地看見時宴的下頜線條，以及聞到他身上淡淡的香味。

「今天我們就隨便聊聊。」關向成放下茶壺，說道，「前幾天看了一些妳的文章，覺得寫得不錯，有很多觀點比較新鮮。我也很久沒有和除了時宴以外的年輕人聊過了，所以叫他請妳過來，我們交流交流。」

「關先生言重了。」鄭書意柔聲說道，「是我要請教才對。」

「無妨，都一樣。」關向成話鋒一轉，問道，「吃過早飯了嗎？」

鄭書意點頭：「吃過了。」

「嗯，那喝點茶吧。」關向成將面前一杯茶遞給她，「這可是我的收藏啊，一般人我不給喝的。」

關向成這話說得鄭書意有些受寵若驚，雙手接過茶杯，還有些緊張。

「我不太會喝茶，平時都喝飲料，可能是牛嚼牡丹了。」

時宴抬手，拿起自己面前的茶杯，沒有看她，只淡淡地說：「喝吧，妳會喜歡的，這是雪水煮的。」

「嗯？」鄭書意不解地看著時宴，「雪水煮的怎麼了？」

時宴看向她，四目相對。

「妳不是很喜歡雪嗎？」他的聲音漫不經心，似乎沒有什麼特別的意思。

可鄭書意這一次確定，他就是在——陰陽怪氣！

第十章　時家小宴望穿眼

確定了這一點，鄭書意心裡蔓延出跳動的喜悅。

她捧著茶杯，目光慢慢從時宴臉上轉移到杯子裡。

澄黃的茶水映著她透出笑意的眸光。

鄭書意抿著笑，為了不出聲，便只能喝一小口。

好茶的妙處她沒體會出來，但伴隨著時宴的那句話，鄭書意覺得這茶喝起來是挺舒服。

「嗯，好喝。」鄭書意垂眸，嘴角彎著小小的弧度，「有雪的味道，我很喜歡。」

時宴倒是神色平淡，喝了一杯後，起身道：「你們聊，我去陽臺。」

「嗯嗯。」鄭書意點頭，「知道了。」

時宴淡淡地看了她的頭頂一眼，沒說什麼，快步朝陽台走去。

他找了一張躺椅，緩緩坐下，雙腿放鬆伸直，看著窗外的落葉紛紛。

耳邊，女人的聲音輕柔靈動，撥動這空蕩舊屋許久不曾響起的生機。

晨間陽光充沛，透過老洋房的五色玻璃，塵埃也變得繽紛，在明朗的光道裡跳躍。

關向成說是隨便聊聊，話題便不限制在某一範圍，時而精準指出當前市場的變動，時而又侃侃而談自己年輕時看不清局勢所造成的錯誤。

時間在兩人天南地北的聊天中悄然流逝，夾雜著歡聲笑語，渾然不知正午的太陽已經照到屋頂。

時宴的襯衫被曬得暖洋洋的，回頭一瞥，鄭書意不知什麼時候把頭髮隨意挽在腦後，露出一整張臉，雙眼神采奕奕地看著關向成。

保姆輕聲走過來，看見兩人交談甚歡，只能朝時宴看去。

時宴朝保姆點點頭，放下手機，起身朝會客廳走去。

「是吧，我這第一桶金就是那四百三十五塊錢，誰能想到它能翻倍成如今的關氏資本。」

鄭書意十分捧場，「啪」一下用力鼓掌，伴隨著一聲「哇」，情緒高漲，語氣高昂。

——冷不防把經過她身旁的時宴小小地嚇了一下。

時宴停下腳步，揉了揉眉骨，沉聲道：「鄭書意，妳適可而止。」

鄭書意的表情瞬間凝固，一抬頭，果然看見了時宴略帶嫌棄的眼神。

「吃飯了。」時宴的聲音掃過她頭頂，看向關向成。

「嘶，忘了時間。」關向成撐著膝蓋慢慢坐起來，「不說還好，一說還真的有點餓。」

「嗯嗯。」鄭書意關了錄音筆，收拾東西起身，「今天和您聊得很愉快，我會儘快整理出稿子給您過目。」

她拿起包，「那我就先不打擾了。」

「欸，飯都上桌了，吃了飯再走啊。」關向成指了指時宴，「他都沒著急。」

鄭書意朝時宴看去，他已經在飯廳，正垂首站在桌前，用毛巾慢條斯理地擦手。沒朝這邊看，也沒說什麼。

關向成家裡常年人少，飯廳裡便只添了一張小桌，僅僅夠四、五個人坐。因而他和時宴相對而坐後，鄭書意便順理成章地坐到了時宴身邊。

桌上擺了四、五個菜，口味都偏清淡，關向成也沒有食不言寢不語的習慣，擦了手，剝著白灼蝦，說道：「書意，妳今年多少歲？」

「二十五啊。」鄭書意說，「怎麼了？」

「嗯，跟我想像的差不多。」關向成點點頭，「和時宴的屬相挺合的。」

鄭書意眨了眨眼睛，下意識朝時宴看去。

他低頭夾著菜，不言不語，似乎沒聽到。

「嗯……」鄭書意低聲道，「我也覺得。」

從關向成飯桌上偶爾的言談中，鄭書意算是明白了，他依然以為自己和時宴是那種關係。

但關向成又不是熱衷以晚輩的關係當做調侃之資的人，偶爾三言兩語，卻不直接挑明。

而時宴亦無法挑明瞭反駁。

就像馬場那一天，時宴若是此刻說破，反而讓關向成尷尬。

每每看到時宴無法接話的樣子，鄭書意就想笑。

這場戲既然是她挑起來的，那她就演下去吧。

「記者這一行，我也接觸過許多。」關向成話間提及，「曾經認識的老朋友幹了很多年，最後還是紛紛轉行。」

「特別是現在這個時代，紙業媒體沒落，記者不再像以前那樣是社會的喉舌，女孩子能堅持下來也是不容易。」

鄭書意接話道：「其實我們雜誌社的記者還是女孩子居多呢。」

她看了時宴一眼，意有所指，「而且都挺漂亮的。」

「嗯，這個也是。」時宴沒說話，關向成不知道鄭書意這句話的目的，便說道，「儀容端正也算一種潛規則吧，誰不喜歡採訪的時候看著漂漂亮亮的女孩子呢。」

鄭書意拿筷子戳了戳排骨，「嗯，時總就特別喜歡好看的女記者吧。」

時宴終於不再沉默，轉頭瞥了鄭書意一眼，其中的警告意思不言而喻。

「不是嗎？」鄭書意抬頭對著他，「上次跟我一起出席發表會的實習生，你不是盯著人家看了很久嗎？」

「哦？」關向成慢悠悠地說，「還有這回事？」

時宴緊緊盯著鄭書意，兩人對視間，鄭書意被他看得莫名有些心虛，氣勢漸漸弱了，低下頭咬排骨。

時宴這才收回目光，淡淡地說：「沒有。」

「就有。」鄭書意埋著頭接話，「你還問我人家去哪了，我說人家不舒服回家了，你還問哪裡不舒服。」

關向成的目光漸漸帶了點探索的意思，在兩人之間逡巡。

鄭書意沒抬頭，卻能感覺到時宴的目光攝在自己身上。

她不抬頭，只要不去看他，氣勢就不會弱。

片刻後，時宴舌尖抵了抵後槽牙，一字一句道：「我逗妳的。」

「真的？」

鄭書意此時是真的不知道他是在關向成面前圓自己的形象，還是在說實話，便雙眼灼灼地看著他。

看著她的眼神，對視片刻，手中的筷子放下，掀了掀眼瞼，「那妳要怎麼才信？」

就你這個態度，鬼才信。

鄭書意悄然別開臉，不說話了。

本以為這個話題就這麼繞過去了。

突然，鄭書意指著桌上的白灼蝦說：「那我要吃這個。」

剛拿起筷子的時宴動作一頓，再次偏頭看向她。

鄭書意眨了眨眼睛，一臉天真的模樣，再次重複：「我想吃蝦。」

兩人此刻的對視，像是在關向成面前的一種無聲博弈。

而女孩子，天生就占了些優勢。

時宴緊緊地盯著她，在她瞳孔的倏忽光亮裡，一步步退讓。

一隻鮮紅的蝦出現在碗裡。

鄭書意得寸進尺，說道：「你不幫我剝……」

陡然看見時宴投來的視線，鄭書意收了聲。

埋下頭，拿毛巾再次擦乾淨手，仔仔細細地剝了蝦殼。

但卻沒送進自己嘴裡，而是放到了時宴碗裡，「給，多吃點呀。」

飯後，鄭書意是真的不能再留了。

她簡單收拾好東西，和時宴一同離開。

司機早已把車開到門口候著。

時宴走得很快，三兩步打開車門，隨後才有些不耐煩地回頭，「上車。」

鄭書意本來想著安安分分地上車走了，但是一聽他的語氣，腳步反而不動了。

她看著時宴，雙手背在身後，絲毫不覺自己的聲音有些矯揉造作。

「今天天氣好好啊，太陽這麼大，曬得人好舒服哦。」

「我不想坐車，想走一走。」

她慢慢地上前一步，「你陪我走一走嘛。」

一陣風動，幾片枯葉又簌簌落落地墜下。

時宴撐著車門，偏頭看了鄭書意許久，才緩緩道：「鄭書意，作天作地都滿足不了妳了？」

鄭書意：「……」

或許是飯桌上的大獲全勝給了她十足的勇氣，她盯著時宴，說道：「我不僅作天作地，我還作詩呢。」

時宴不語，眼神有些輕佻地看著她。

鄭書意一字一句道：「書意不知江城遠，時家小宴望穿眼。」

「……」

大樹的落葉似乎也不敢落了，遙遙欲墜的掛在樹梢。

鄭書意說話，心裡突然咯噔一下。

許久的沉默後，時宴瞇了瞇眼睛，慢慢垂下了手，一步步朝她走來。

見他那氣勢，像是要吃人一樣，鄭書意怕了，默默地退了一步。

可她退無可退，輕而易舉被他抓住手腕。

然後拽到車旁。

「上車。」

鄭書意心跳突突的，不敢掙扎，規規矩矩地坐上去。

片刻後，車門被用力關上。

時宴就站在外面，目光冷冷地看著她，鏡片反光，讓人看不清他的情緒。

隔著窗戶，他的眼神看起來特別怪異，有一種說不清道不明的感覺，鄭書意不自覺地縮了縮脖子。

許久，他終於不再緊緊看著鄭書意，抬手敲一下前排的車窗。

車就在他那攝人的目光下緩緩開走。

鄭書意趴在車窗上，看著時宴的身影漸漸變小。

而那股氣息，卻好似一直籠罩在她四周。

如果梁靜茹姐姐再給一次機會，她發誓自己再也不這樣浪費勇氣了。

這天下午，鄭書意安安分分地在家裡整理稿子。

錄音筆裡放著她和關向成的對話，內容雖然不緊湊，但資訊量也不少，她很快便沉了進去。

時針走了一圈又一圈，天色暗了下來。

雲層遮住太陽，只透出幾絲渾濁的光亮。

房間裡安靜得聽得見秒鐘滴答的聲音。

錄音筆裡突然出現一道不屬於鄭書意和關向成的聲音。

——「鄭書意，妳適可而止。」

鄭書意倏地回過神，抬起頭揉了揉眼睛，沉沉地嘆了口氣，隨後趴到桌子上。

早知道就聽勸了，適可而止。

唉。

這下好了，大概又翻車了。

第二天一早，鄭書意拿著自己的初稿去了雜誌社。

她昨晚寫稿到很晚，早上起來精神不太好，一路打著哈欠走到座位，一坐下來便猛灌自己一杯咖啡。

「週一症候群，嘖嘖。」孔楠被鄭書意傳染得一起打哈欠，臉上滿是睡意，「昨晚熬夜看劇，三點才睡，早上差點就起不來了，連頭髮都沒洗。妳呢，妳幹什麼了，怎麼也一副嚴重缺眠的樣子？」

鄭書意盯著電腦恍了一下神，才說道：「寫稿子。」

「採訪順利吧？」孔楠小聲說，「這次沒出什麼問題吧？」

「……」鄭書意垂著眼睛，輕哼了聲，「很順利，昨晚已經把稿子寄給主編了。」

才週一，辦公室裡已經忙碌了起來，四周充斥著打字聲。

鄭書意還有些睏，轉了轉脖子，看向另一邊。

辦公區那頭，許雨靈早早就來了，端著杯咖啡，正跟她的實習生聊著什麼。

和鄭書意不同，她今天看起來精氣神特別好，穿了淡黃色的雪紡襯衫，被空調吹得流蘇揚起。

臉上明明白白寫著「春風得意」四個字。

正好，許雨靈也朝那邊看了一眼，和鄭書意對視上了。

許雨靈眼睛大，種了睫毛，眼瞼一抬一闔之間，打量的目光看起來沒有善意，讓被打量的人很不舒服。

鄭書意不知道她在得意什麼，別過頭，拿起杯子朝茶水間走去。

她早上沒什麼胃口，不太吃得下東西，於是打算為自己泡一杯麥片。熱水嘩啦啦地流出來，身後同時響起一陣高跟鞋聲。

鄭書意不用回頭也知道是誰。

「聽說妳昨天有個採訪啊？」許雨靈漫不經心地問。

鄭書意沒回頭：「嗯。」

「妳也真是的，都年底了，還這麼拚呢。」

許雨靈接了水也沒走，靠在櫃子旁，「這時候也沒什麼好資源了，做了採訪也拿不到重點版面，還不如好好休息呢。」

鄭書意攪拌著麥片，正要說話，許雨靈突然站直，急匆匆地朝外走去。

鄭書意回頭看，原來是唐亦來了。

許雨靈連杯子都沒拿，遠遠地叫了一聲「主編」，便跟著她一起進了辦公室。

週一早上九點半有例會，在這之前，這零碎的時間也不好做什麼事情，大家都有些鬆散，三三兩兩地湊在一起。

秦時月又遲到了幾分鐘，走進公司時，鄭書意和孔楠以及一些其他組的人正在陽臺上站著聊天。

她放下包，拿著一盒巧克力走過去請大家吃。

眾人正分著巧克力，主編辦公室那邊突然傳來異動，隨後，一道重重的摔門聲驚動了所有人。

見是許雨靈，孔楠咳了一聲，嘀咕道：「怎麼又摔門，主編辦公室摔壞了她賠嗎？」

本來有人想接孔楠的話，可是見許雨靈氣急敗壞地朝她們這邊走來，便紛紛閉上了嘴。

她的目光死死盯著鄭書意，高跟鞋像要把地面鑿穿，一步步朝她走去。

眾人只見她的腳步有些不穩，殊不知，剛剛在唐亦辦公室裡，她已經氣得發抖。

年底了，各行各業都在衝刺KPI。

專欄記者們也不例外，許雨靈今年一個重點版面都沒有，好在她跟總編哭訴一番後，拿到了年底最後一期重點版，可謂重中之重。

她為了這次任務也付出不少，疏通了不少人脈，甚至還出血買了名牌包給中間人，終於聯絡到三位商業銀行的聯合創始人，做了一次集中採訪。

其含金量之大，她很有信心憑藉此次一舉翻身，擺脫這兩年鄭書意的壓制。

誰知，她信心十足地拿著稿子去找唐亦，卻被告知，年底的重點版面是鄭書意的。

她不甘、不忿，質問唐亦怎麼出爾反爾。

唐亦反而有些不耐煩，直接讓她去找總編。

「人家今早交了關向成的採訪稿，妳說妳是總編會怎麼安排？」

許雨靈頓時腦子裡嗡嗡作響，如置身冰窖。

這一句話，擊破了許雨靈掙扎的意圖，卻也激起更重的敵視。

她直衝鄭書意而去，用力推開陽臺的門，胸口劇烈起伏著，身後的門晃動，發出吱吱呀呀的聲音。

所有人都看向她。

鄭書意手裡拿著一塊巧克力，明知許雨靈是朝她而來，卻也沒說話，只是看著她。

「可以啊鄭書意。」許雨靈偏著頭，冷冷笑了，「連關向成的人脈都疏通了。」

鄭書意咬一口巧克力，點了點頭，「最近運氣好吧。」

「運氣好？」許雨靈嗤笑，「關向成多少年沒出現在媒體面前了，妳告訴我這是運氣？」

鄭書意抬眼，淡淡地撇著她，「那妳覺得呢？」

許雨靈抱臂，上下打量鄭書意，「誰不知道鄭大記者美貌動人，恐怕是把自己的優勢發揮到極致了吧，怪不得最近打扮得漂漂亮亮的，下班後卻總見不到人呢。」

這話說得毫不隱晦，甚至有些惡毒，別說孔楠聽了立刻黑了臉，連其他組的人都隱隱皺眉。

都是同事，說這樣的話也太難聽了。

而當事人，鄭書意，把嘴裡的巧克力嚼碎了，慢慢咽下去，拿紙巾擦了擦手。

才緩緩說道：「我要是靠美色行工作之便，妳以為妳還能好好地站在我面前說話？」

鄭書意說這話，公司裡沒人會質疑其底氣。

畢竟自她進入週刊這兩年，不少共事者親眼看見工作之餘，接觸的某些金融公司高管毫不遮掩地向她示好。

曾經也有人每天一束玫瑰花往公司送了兩個月，私下如何殷勤，可見一斑。

甚至在她分手的消息隱隱傳開後，公司裡某些男同事已經伺機而動，等著合適的機會。

這些許雨靈也曾目睹，所以此刻她反而說不出反駁的話，臉色白了變青，青了又白。

周圍湊了四、五個人，雖然大家默契地移開眼神避免和許雨靈有視線交接，可一個個耳朵都豎著，硬是沒有一個人出來打圓場。

氣氛在這一刻變得無比僵硬，似乎連空氣都在替許雨靈尷尬。

直到，一聲「哢嚓」，打破了平靜。

秦時月捧著手裡的巧克力，似笑非笑地看著許雨靈：「要不吃點巧克力消消氣？很甜的。」

許雨靈一道眼刀子刮過去，長睫毛瞪得似乎下一秒就要掉下來。

突然這時候，唐亦從辦公室出來，往這邊看。

剛剛被許雨靈鬧了一陣，她也沒好氣，大聲道：「你們在幹什麼呢！開會了！」

眾人紛紛散去，鄭書意最先走出去，高跟鞋踩得富有節奏感，「蹬蹬蹬」地，刺得許雨靈太陽穴一陣陣跳。

週一的例會主要是做工作安排與彙報，主講人是各部門主編。

而這一間會議室裡，唐亦板著臉，許雨靈一臉戾氣，鄭書意神色懨懨，搞得所有人的氣壓都低了下來。

這場會開得度日如年，沒人敢在間隙開開玩笑什麼的。

散會後，一個個都拿著電腦趕緊離開。

許雨靈最後一個出來，一抬眼就看見鄭書意的背影，腳步不覺停下，心中忿忿難以平息。

到了這時，終於有兩個跟她平時關係好的人上來開解她。

「哎呀，妳別跟她計較，妳又不是不知道唐亦偏心她，我們自己把事情做好就行了。」

「是啊是啊，何必置氣呢，氣壞了還不是自己的事。」

「妳就當她剛剛分手，心情不好，說話不好聽，別計較了。」

許雨靈重重呼吸，目光在鄭書意的背影上打量一圈，突然想到什麼，釋然似的，輕笑一聲，「再漂亮還不是被男人甩了。」

下午一晃眼就過，還有十幾分鐘下班，辦公區的氣氛已經鬆懈了下來。

鄭書意寫了一天的稿子，抬起頭揉了揉脖子，看著窗外的夕陽，站起來活動了活動四肢。

再坐下時，她沒看電腦，而是拿起手機，打開時宴的對話。

四周的同時陸陸續續開始走動了，鄭書意撐著臉頰，盯著手機畫面，手指蠢蠢欲動。

想了半天，她傳了幾個毫無意義的梗圖過去。

鄭書意：『（你在幹嘛呀 .gif）。』

鄭書意：『（好無聊哦 .jpg）。』

鄭書意：『（打滾 .gif）。』

然後，她無所事事地等著手機的震動。

可惜手機一直安安靜靜的。

十幾分鐘後，同事們紛紛收拾東西準備下班，鄭書意也終於收到回覆。

一個字。

時宴：『忙。』

鄭書意像突然被放了氣的氣球，刷一下軟了，趴在桌上。

行吧，看來是真的玩脫了。

這時，秦時月站起來，說道：「我下班了啊。」

鄭書意沒看她，只是抬起手有氣無力地揮了揮。

秦時月：「下班了妳還不走啊？」

「反正也沒什麼事。」鄭書意說，「留在公司寫稿子吧。」

「哦……」秦時月點點頭，拿起包離開公司。

今天本不是什麼大日子，但是時家人除了她，其他人平時都忙，聚少離多，所以就定了每個月這麼一天，一家人回到她外公時文光的家裡吃飯，多年下來已經成了一種儀式。

但今天秦孝明有事缺席，外公又還在書房處理事情，桌上只有秦時月、宋樂嵐以及時宴三個人。

秦時月和時宴面對面坐著，他沉默地看手機，神色淡淡，看起來心情不是特別好。

而秦時月不知道該做什麼，又不敢輕舉妄動，正好宋樂嵐問她最近工作怎麼樣，她便就著這個話題說了起來，「工作還好，只是有點累，每天好多事情哦。」

「哦對，今天還發生了一件事，」她對著宋樂嵐說，「就是我那個 leader，書意姐，妳知道吧，上次我們一起看過演唱會。」

「書意姐她昨天好像去採訪關叔叔了，主編高興死了，立刻把今年最後的重點版面給她了。」

「也不知道書意姐怎麼聯絡上關叔叔的，可能運氣好吧。」

時宴聽她一口一個「書意姐」，腦海裡莫名跳出一句打油詩。

他幾不可察地皺了皺眉，放下手機，起身去倒水。

回來時，秦時月還沒停下來。

「結果那個許雨靈氣不過，跑來吵架，大庭廣眾之下說書意姐是靠臉才得到這次機會的，妳說可笑不可笑？」

宋樂嵐很配合的笑了一下，「運氣也是實力的一部分。」

「這都不算什麼，結果妳猜書意姐說什麼，」秦時月繪聲繪色，還學著鄭書意的表情複述了她那句話：「我要是靠美色行工作之便，妳以為妳還能好好地站在我面前說話？」

說完，自己哈哈大笑起來。

「笑死人了，她也不看看，人家書意姐每天多少人追呢，用得著這樣嗎？」

「我才去上班多久啊，都見過好幾次男的獻殷勤。」

「就今天中午，吃了飯我陪她去買下午茶，店裡的店員高高帥帥的，非要請書意姐喝咖啡。」

「秦時月。」

秦時月正說得興頭上呢，冷不防被時宴叫了一聲。

一抬頭，對上時宴的眼神，她神經一緊，戰戰兢兢地閉了嘴。

她一沒作亂二沒找事，不知道哪裡又招惹到小舅舅了。

時宴：「妳說夠了沒？」

秦時月：「說、說夠了……」

鄭書意這一加班就加到了月上樹梢，連天什麼時候黑的都沒察覺，甚至連晚飯也忘了吃。

她揉了揉眉心，準備關電腦時，往四周一看，還有不少同事都沒走。

包括許雨靈。

今天例會上，重點版面雖然安排給了鄭書意，但是許雨靈的稿子還是要發表，所以她再不服氣，也要安安分分地把文章寫完改完。

鄭書意把杯子裡的水喝完，拿出手機叫車。

軟體卡了一下，等畫面彈出來時，鄭書意表情一僵。

——『當前排隊一百八十四位，需等待九十分鐘。』

再抬頭一看，牆上的大掛鐘，時鐘正正好指向十點。

這片辦公區有不少科技公司，因而夜裡十點、十二點也成了下班高峰期。

行，鄭書意想，今晚大概是要交代在這裡了。

她收回要關電腦的手，正要繼續改稿子時，想了想，又把叫車軟體的畫面截了個圖，上傳動態。

——僅時宴可見。

配字：『嗯，我沒問題的，我還OK，有人幫忙送一張床來公司嗎？』

秒鐘擺動的聲音在夜裡特別清晰，一下又一下。

鄭書意看了幾次手機，動態沒有動靜，對話也沒有動靜。

她趴了一下，把臉翻了面，然後抓起手機刪了那則動態。

時家小宴你真的沒有心。

辦公區的暖氣開得很強，鄭書意趴在桌上等車，不知道是誰幫她蓋了件外套，使她更加昏昏欲睡，很快就睜不開眼了。

不知過了多久，一陣鈴聲把她吵醒。

鄭書意迷迷糊糊地拿起手機，瞄了螢幕一眼，直接接聽，「喂，司機，你到了嗎……」

電話那頭沉默了片刻。

緊接著。

『是我。』

清清冷冷的男聲，語氣還不是那麼客氣，鄭書意慢慢地抬頭看向手機螢幕。

備註，時宴。

鄭書意還有些茫然，「你……」

『下樓。』

意識終於在這一瞬間澈底回籠，鄭書意愣了一下，然後立刻起身，一邊笑著，一邊「嗯嗯」應了兩聲，關了電腦拿起包便下樓。

十點半的辦公大樓周圍並不冷清，停了不少計程車，還有許多剛下班的人。

她站在綠化帶旁，四處張望，卻沒看見時宴，也沒看見他的車。

夜裡風大，鄭書意攏了攏圍巾，正想再打電話過去時，忽然有人拍了拍她的肩膀。

她回頭，見一個清秀的男生站在旁邊，戴著一頂鴨舌帽，淺淺地笑著，臉頰還有兩個小酒窩。

這對酒窩很有印象，鄭書意記得，這是旁邊咖啡店的店員，今天中午還多送她一杯咖啡。

「妳現在才下班啊？」男生笑著問。

鄭書意點點頭：「嗯，加班。」

「挺辛苦的。」男生突然想起什麼，說道，「妳等一下啊！」

鄭書意還沒來得及說話，他便一陣風似的朝身後咖啡店跑去。

沒多久，他提著一個小袋子出來。

「妳今天中午不是想買這個蛋塔嗎，當時沒有了，我看你們好像挺想吃的，下午糕點師傅來了，我就讓他做了兩份，想看看妳下午還會不會來。」

他抬了抬帽檐，靦腆地看了鄭書意一眼，「沒想到下班的時候居然遇到了。」

說完，他遞上這個小袋子。

見鄭書意沒有要接的意思，他又說：「特地留給妳的，妳要是不拿著，就只能扔了，我也不吃甜食。」

其實這個男生在咖啡廳工作大半年了，鄭書意幾乎每次下樓買下午茶都能遇見，算是面熟，也不能說是完全的陌生人。

她猶豫了一下，接過袋子，「謝謝，多少錢啊，我給你……」

「妳等車吧？」男生知道她要說什麼，連忙打斷，「這麼晚了，一個人不安全，要不然我陪妳等一下？」

「我……」

她剛冒了一個音，身旁便響起一道腳步聲。

這腳步聲莫名有點耳熟，鄭書意立刻側頭看過去。

辦公大樓的燈光很亮，覆蓋了門前廣場，時宴信步而來，不急不緩，眼鏡上的光點輕微晃動，卻不影響他的目光直直地鎖在鄭書意身上。

幾乎是生理反應，鄭書意不動聲色地退了一步，和男生拉開距離。

等時宴走近了，她才低聲道：「我等人。」

聽見鄭書意的話，時宴的目光在她和男生之間掃過。

隨後，拉住她的手腕。

「走了。」

男生頓了頓，話堵在嗓子裡，看著兩人轉身，下意識說道：「我……」

時宴腳步頓住，回頭，打量他一眼，反而問鄭書意：「付錢了嗎？」

鄭書意：「啊？」

時宴偏頭看了她一眼，不再說什麼，拉著她走到車旁，打開車門，從副駕駛座抽屜裡翻了錢出來。

一開始鄭書意還沒反應過來，直到看見他走回去，把錢給了那個男生，什麼都沒說。

男生愣愣地站在這裡，這一刻，也終於明白了什麼，臉上一陣紅，壓著帽檐朝另一個方向走了。

鄭書意看著這情景，喜悅一點點蔓延，想笑，卻又極力忍住。

她手裡拎著蛋塔，看著時宴朝她走來。

「你怎麼來了啊？」到此刻，她才把這句話問出來。

「順路。」

鄭書意這次學乖了，低頭「哦」了一聲，不再作死的邊緣反覆試探。

時宴似乎也沒急著走。

燈下的風裹挾著清淡的香水味，他低頭看著鄭書意，沉聲道：「挺受歡迎啊。」

鄭書意很謙虛地說：「一般一般。」

又是片刻的沉默。

時宴突然伸手，扯了扯鄭書意胸前的圍巾，餘光看見她手裡的東西，說道：「餓了？」

鄭書意見他看著蛋塔，拎起袋子，在他眼前晃了晃，問道：「你要吃嗎？」

時宴從她手裡接過袋子，卻扔到了後座，「陌生人給的東西妳也敢吃？」

鄭書意喃喃說：「人家跟我見面的次數比你多多了。」

說完一抬頭，和時宴對上目光，鄭書意蹭地鑽進了車裡，飛速關上車門。

片刻後，時宴沒上車。

他敲了敲車窗。

鄭書意不知道自己哪裡又踩到紅線了，車窗降下一絲縫，只露出一雙眼睛看著他，「幹什麼？」

時宴：「妳不去坐副駕駛座，是把我當司機？」

許雨靈下樓的時，計程車的司機一直打電話催，今天路上車多，限時停靠三分鐘，她再不出來就要開走了。

許雨靈一陣煩躁，掛了電話後一路小跑。

剛走出公司大門，便見鄭書意坐進一輛車的副駕駛座。

她腳步一頓。

先是看了看那輛車的標誌，隨後，看著拉開車門坐進駕駛座的男人。

雖然只是側臉，但燈光透亮，照得清清楚楚。

許雨靈有些不相信，不敢和自己記憶裡的那個人對上。

愣了半晌，從手機裡找出前段時間銘豫銀行新聞發表會的照片，再次確認了一遍又一遍。

隨後，不可置信地看著車尾燈遠去。

第十一章　一碗鮮蝦麵

許雨靈之所以這麼難以置信，是因為在她對時宴的有限認知裡，他給人的感覺，和眼前的場景不太相配。

那一次貿然前往採訪，她其實也很忐忑，心裡打著鼓。

誰知時宴根本不在乎雜誌社派來的人是誰。

但他不在乎的不僅僅是這一點。

整個採訪過程，雖然看似順利，但許雨一直感覺到一股無形的壓力縈繞著她。

她能猜到這位對她的工作能力不太滿意。

可他的不滿意只表現在其淡漠的態度上，僅此而已。

比如她在中途，發現自己弄錯一個問題，正膽戰心驚地偷偷看他，以為他會露出極度不滿的表情。

誰知他根本沒提，直接略過。

許雨靈是個會察言觀色的人，她深知，時宴對她的態度並非寬容，只是一種近乎冷漠的不在乎而已。

可是剛剛，許雨靈在一樓大廳看見時宴拉著鄭書意離開。

她看見時宴眼裡的神色幾經變換，與記憶中的他難以重合。

再聯想到鄭書意那句話，許雨靈突然覺得後背一陣發涼。

「啊切！」在開著空調的車裡，鄭書意突然打了個噴嚏。

她拿手臂捂著嘴，嘀咕道：「誰在背後罵我。」

車裡沒人回應，顯得鄭書意像在自說自話。

她自己化解了尷尬，又無所事事，感官便變得更敏感。

封閉的空間裡，蛋塔的香甜味道從後座若有若無地飄出來。

鄭書意慢慢回頭，看了一眼，又不動聲色地收回目光。

一轉頭，看見時宴在看她。

兩人的目光一對上，誰都沒有開口說話。

過了一下子，時宴轉過頭，看著前方十字路口，問道：「想吃什麼？」

鄭書意笑了，揉著圍巾，手指輕輕一指：「前面右轉。」

「九味」是一家二十四小時營業的私房麵館。

開在巷子深處，由老房子改造而來，環境質樸，但乾淨清雅。

招牌鮮蝦麵更是香鮮至極，一口下去，滿口生香，令人回味無窮。

這味道時常在深夜，平白無故地出現在鄭書意腦海裡，惹得人魂牽夢繞。

這時已經是夜裡快十一點，竟然還有七、八個人在排隊。

兩人落座後，等了一陣子，一碗熱騰騰的麵端了上來。

鄭書意攪拌兩下，抬頭問：「你真的不吃？」

時宴就坐在她對面，目光輕輕掃過她的臉龐，看了碗裡的東西一眼，「不吃。」

「好吧，這家店的麵真的很好吃，你不吃就算了。」

鄭書意有些遺憾，一邊挑著細碎的花椒粒，一邊碎碎念，「可惜他們只有兩個廚師，生意又好，所以不做外賣，想吃只能來店裡，不然我能一天三頓都點他們家。」

鄭書意說完，剛要埋頭，餘光一瞥，突然愣住。

她坐在正對這家店大門的位子，視線絕佳，有什麼人進來都一覽無遺。

她拿筷子的手頓了頓，幾乎不用多看，就能確認，進來的三、四個人裡，其中一個就是岳星洲。

再瞄了背對大門的時宴一眼，鄭書意突然緊張了起來。

她還不知道時宴和岳星洲到底認不認識，但如果這時候碰面，這種狗血複雜的關係一交錯，場面怎麼也不會好看。

於是，鄭書意飛速看了外面一眼，小聲說道：「我有點不舒服，去一趟洗手間。」

說完，也不給時宴反應的時間，放下筷子就朝店裡的洗手間走去。

時宴看了她的背影一眼，有幾分探究的神色。

隨即，三、四個男人走到桌旁，排在隊伍後面。

聽到腳步聲，時宴連頭都沒抬，低頭看著手機。

隊伍排得長，岳星洲他們正好排在離時宴不遠的地方。

店裡人不少，但由於是深夜，大多數的人都是下班後來吃宵夜的，又累又乏，所以整體很安靜。

岳星洲卻不是剛下班，今晚有大學同學過來出差，他便叫了幾個還在江城工作的同學一起出來聚餐。

飯後大家喝了些酒，肚子裡酒水一灌，結束後又覺得空落落的，便來這邊打包點宵夜回酒店。

幾個人漫不經心地聊著，不知怎麼話題突然扯到了鄭書意身上。

有個男人勾著岳星洲的肩膀，問道：「岳星洲，我們幾年同學了，你說實話啊，怎麼突然就跟鄭書意分手了？」

聽到「鄭書意」三個字，時宴眉心突然跳了跳，視線短暫地移開手機。

不著痕跡地打量過那幾人後，又漫不經心地繼續看螢幕上的內容。

岳星洲沉默了片刻，說道：「性格不合。」

「性格不合？不是吧。」那人說，「我覺得還挺好的啊，你的脾氣又這麼好，怎麼突然就性格不合了？」

「對啊。」有人插嘴道，「我之前覺得你們還挺合適的，記得前段時間還跟你們一起吃飯呢，當時我女朋友都說你們看起來挺般配。」

時宴的指尖停在螢幕上，蹙眉的瞬間，唇角緩緩抿住。

「真的。」岳星洲不再想提這個話題，已經隱隱有些不耐煩，「就是性格不合。」

可惜幾個朋友都喝了酒，腦子有些迷糊，沒有感覺到他的情緒變化。

「那你們誰提分手的啊？」

岳星洲張了張口，眼珠子一轉，看著地面說道：「她提的。」

眾人有默契地沉默了一下。

過一下子，一個人哈哈笑了兩下，以雲淡風輕的語氣說：「正常正常，戀愛就是分分合合。曾經擁有就不錯了，你想想啊，校園、操場、初戀，還是校花，多麼美好又單純的愛情啊。」

朋友這話一出來，岳星洲勉強地笑了一下，以回應朋友的安慰。

但其實，他想起那些回憶裡的美好，心就跟被緊緊攥住一樣難受。

有人看出他的失落，立刻跟著打圓場：「沒關係啦，拜拜就拜拜，下一個更乖，舊的不去新的不來嘛。」

「就是，你這麼帥，又不是缺女朋友，我看你現在這個就挺好的。」

「是啊，現在的戀愛才能看得長遠，大家一起過日子的，貼心又懂事才是最重要的。」

「嗯，想開點，光是漂亮是不能長久的，鄭書意她太嬌氣了，就是個小公主，短時間還能遷就遷就，一輩子是要怎麼伺候？」

「服務生，麻煩四份鮮蝦麵外帶。」

鄭書意在洗手間裡站了一陣子。

這裡環境不錯，臭倒是不臭，但是薰香太濃了，她快被香得暈過去。

實在受不了了，悄悄拉開門，往外面看了一眼。

排隊的地方已經沒人了，而大廳裡似乎也沒有岳星洲的身影。

鄭書意鬆了口氣，正要開門，手機突然響了一下。

時宴：『妳愛上廁所了？』

鄭書意在角落裡瞪了他一眼，才緩緩走出去。

「有些不舒服，讓你久等啦。」她一副輕鬆的模樣坐下，心裡卻還是不放心，雙眼四處瞟。

時宴一抬眼便看見她這些小動作，無聲地輕嗤，扯了扯嘴角。

最終確認岳星洲已經不在這裡了，鄭書意澈底放下心來。

可是當她拿起筷子，卻發現碗裡的麵已經糊了。

「嘖。」由於岳星洲的出現，鄭書意的心情大打折扣，現在麵又糊了，她用筷子攪拌一下，瞬間沒了胃口。

時宴放下手機，也沒催她。

鄭書意吃了兩口，不再動筷子，但也沒說話。

整桌的氣氛莫名沉了下去。

過了一陣子，時宴突然開口道：「鄭書意，抬頭。」

鄭書意依言抬頭，望著他，有些莫名，「幹什麼？」

時宴緊緊盯著她，眼神毫不遮掩，卻不開口說話。

鄭書意被他看得有些不知所措，伸手摸了摸臉頰，「我臉上有東西？」

飲食場所的燈光大多打著暖黃燈光，讓人有食欲，也讓人感覺四周溫柔。

可時宴的眼神，卻讓鄭書意覺得一陣害怕。

見時宴還是直勾勾地盯著她看，鄭書意便從包裡掏出氣墊粉底，打開鏡子看了一眼。

嗯，乾乾淨淨的，還是那麼好看。

「到底怎麼了？」

「這麼……大一雙眼睛。」

他原本下意識想說「這麼好看一雙眼睛」，話到嘴巴，看見她警惕的眼神，臨時改了口。

「怎麼眼光這麼差？」

鄭書意：？

怎麼好好的突然又開始人身攻擊？

難道是剛剛岳星洲的出現，他猜到了什麼？

鄭書意和他對視片刻，心中忐忑，只好強行轉移話題。

她笑著點點頭，「嗯嗯，是，我以前是眼光差，不過現在的眼光有所提升了。」

時宴垂眸，不知在想什麼，片刻後，輕聲道：「妳現在的眼光過於高了。」

鄭書意：「……」

如果不是身懷重任，她一定一碗麵直接扣在時宴腦袋上。

然而現在她什麼都不能做。

碗裡的麵被她攪拌得越來越糊，她盯著裡面，呵呵笑了兩下，呢喃道：「麵糊裡面煮鐵球，說的就是你這樣的。」

時宴顯然沒聽懂她這句話的意思，「妳在說什麼？」

鄭書意：「說你混蛋。」

「……」時宴提了一口氣，沉聲道：「鄭書意。」

「嗯嗯嗯！」鄭書意連連點頭，「我錯了我錯了。」

但她還是沒看時宴，埋著頭，忍不住又嘀咕：「你不是麵糊裡面煮鐵球，你是麵糊裡面煮皮球。」

時宴掀了掀眼簾，「妳又在嘀咕什麼？」

鄭書意悶悶地說：「說你混蛋你還一肚子氣。」

「……」

四周死一般的沉默。

「還吃嗎？」

許久，時宴收了神色，問道。

鄭書意看了碗裡被她弄得不堪入目的東西一眼，搖搖頭，「算了，不吃了，沒胃口了。」

時宴連話都懶得跟她說，拿上手機直接起身出去。

鄭書意對著他的背影撇了撇嘴，嘀咕道：「本來就是混蛋，對自己的認知一點都不清晰。」

說完，她才拿起包跟了上去。

從私房麵館裡出來，已是深夜。

更深露重，冬蟲沉眠，巷子裡安靜得出奇。

鄭書意踩著時宴的影子，一步步跟著他走到停車的地上。

一路無話。

閃爍的霓虹燈下，車駛入公路。

鄭書意沒吃晚飯，宵夜也被攪了心情，她又累又餓，在昏昏欲睡間，瞥了中控臺一眼。

看清楚數字，她眨了眨眼睛，看向時宴。

昏暗的燈光下，他的側臉隱在陰影裡，看不真切，只有眼鏡的邊框閃著細碎的光亮。

鄭書意感覺，他的心情可能不太好。

不然市區開到時速八十，沒事吧？

但即便這樣，鄭書意還是撐不住睏意，再一次在時宴的車上睡著了。

不知過了多久，鄭書意感覺被人捏了一下臉頰，才緩緩醒來。

可她睜開眼睛時，時宴靠著座椅，手臂搭在方向盤上，面色平靜地看著她。

「到了啊？」鄭書意深吸一口氣，緩過神，拿著包下車，「那我回去了，你路上小心。」

時宴輕輕地「嗯」了一聲。

鄭書意的潛意識裡，總覺得哪裡不太對勁，但又說不上來。

她看了時宴兩眼，最後還是沒說什麼，打開車門下車。

路燈把她的影子拉得很長。

幾步後，她終是聽到時宴叫她，「鄭書意。」

鄭書意停下腳步，回頭，「怎麼了？」

車窗早已降下，時宴偏著頭望過來，目光在影影綽綽的燈光下冥冥不清。

鄭書意站著，沒做出什麼反應。

片刻後，時宴說道：「睡前少吃東西。」

回到家裡，鄭書意第一時間進了廚房。

冰箱裡的速食食品只有自熱小火鍋，但她這時實在不想吃辣的，只好點了份外賣。

洗完澡後，她早已饑腸轆轆，一股腦倒在床上，兩眼無神地等著外賣。

沒多久，門鈴響了。

到的倒是比她想像中快。

鄭書意立刻起身去開門。

來的卻不是她點的那家外賣。

送貨員也沒有穿著外賣服，而是一身整潔的九味私房麵館制服。

來人朝鄭書意遞上食盒：「鄭小姐，您的鮮蝦麵外送。」

小而溫馨的飯廳裡，鄭書意只開了一盞落地燈。

她坐在桌邊，看著眼前冒著熱氣的鮮蝦麵，發了一下呆。

隨後，她倏地笑了出來。

遇見岳星洲的鬱悶一掃而光，隨之而來的是一股難以抑制的竊喜。

這是麵嗎？

這是時家小宴的心！

當然，如果沒有加蔥就更完美了。

鄭書意的肚子一陣咕咕叫，但還是忍住餓，先把蔥一顆顆地挑了出來。

吃了兩口後，她手指一頓，差點忘了最重要的事。

於是又立刻放下筷子，拿手機拍了一張照片傳給時宴。

鄭書意：『謝謝老闆的愛。』

傳出去的那一刻，鄭書意突然想到什麼，立刻撤回，重新打字。

鄭書意：『謝謝老闆可憐我。』

鄭書意：『我要開動啦。』

鄭書意：『（比心.gif）。』

夜已深，連風都休息了，書房裡安靜得像停止了時間的流動。

——若不是手機一直震動的話。

時宴半倚在桌旁，摘了眼鏡，揉著鼻樑，低頭看了手機一眼。

螢幕上，鄭書意的訊息源源不斷地彈出來。

他隨手撈起手機，打開了那張照片。

昏黃的燈光下，碗下鋪著格子桌布，旁邊還擺著一束鮮花。

普普通通的，女孩子家裡的裝扮。

時宴：『不吃蔥？』

鄭書意愣了一下，心說他怎麼知道的。

再看照片，原來是她拍照的時候隨手把旁邊衛生紙上挑出來的蔥也拍了進去。

於是，又是一陣竊喜。

時宴這個人，還是很細緻貼心的嘛。

鄭書意：『討厭吃蔥。』

鄭書意：『我點菜的時候說了呀，你沒聽見呀？』

對面沉寂了一下，頂上顯示「對方正在輸入」，卻遲遲沒有訊息過來。

鄭書意心裡撲通跳了一下，有一種不好的預感。

時宴該不會突然想起自己的霸總人設，然後逼她把蔥吃了吧？

鄭書意被自己這個突如其來的想法逗笑了。

看見時宴回過來的訊息，她的笑意越甚。

時宴：『挑食。』

鄭書意：『挑食怎麼了？』

她想了想，乾脆不打字，改為傳語音：『我爸媽都不管我，你管這麼寬哦。』

對方沒回，她又傳了一則：『你也這麼管你的前女友們呀？』

時宴單手拿著手機，垂眸看了好一陣子，窗外的霓虹燈在他眼底閃爍，像一絲絲細密又不停變換的情緒在心裡隱隱流動。

他按住說話鍵：『怎麼，妳前男友不管？』

他的聲音一如既往，沉沉的，聽不出什麼情緒。

但鄭書意臉上的笑容瞬間垮掉，這碗麵突然就不香了。

管，當然管。

岳星洲把這些小細節記得可清楚了，要不然當初怎麼會被他追到。

提及讓鄭書意心煩的事情，她扯了扯嘴角，沒心情再傳撒嬌一般的語音，冷冰冰地打字：『這才十二月底，你提他做什麼？』

時宴：『嗯？』

鄭書意冷笑了兩聲。

鄭書意：『還沒到清明節呢。』

過了很久。

時宴：『睡吧。』

月牙高掛，樹影斑駁。

鄭書意躺上床，睜眼看著天花板，一時間沒有睡著，反而想到了時宴那句話。

她問他是不是也這樣管他的前女友們，他沒有正面回答。

那也算一種回答，即是默認。

莫名的，鄭書意有些嫉妒。

嫉妒什麼呢？

她問自己。

大概是嫉妒他的前女友們，能吃到九味的外送。

夜裡折騰得有些晚，第二天早上，鄭書意幾乎是壓著時間到公司。

來不及去買咖啡，她坐下後，四處翻找，沒看見自己以前放在桌上的即溶咖啡，於是問孔楠：「妳還有咖啡嗎？」

「沒有了。」孔楠說，「我都多久不喝即溶咖啡了。」

鄭書意打了個哈欠，懨懨地說：「算了，撐一下。」

她說這話的時候，許雨靈正好經過她身邊，手裡拿著一杯剛剛泡好的熱美式。

許雨靈突然停下腳步。

鄭書意感知到，抬頭看了她一眼。

許雨靈今天有些憔悴，厚重的粉底也遮不住黑眼圈，一看就是夜裡沒睡好。

鄭書意不管她，兩人撕破了臉，便連打招呼的必要都沒有。

她默默收回視線，伸手開電腦。

就在這時，那杯熱美式被放在她的桌上。

鄭書意愣了一下，再次抬頭去看許雨靈。

她揚了揚眉，說：「我剛買的，沒喝過，妳喝吧。」

語氣平靜，神色也正常，好像兩人真的是相親相愛的同事一般。

不等鄭書意給出反應，許雨靈就走了。

鄭書意還愣在那裡，孔楠也一臉傻眼地轉過來，看了看咖啡，又看了看許雨靈，「她……怎麼了？」

鄭書意指著自己的鼻子，眼神空洞：「妳看我像知道的樣子嗎？」

孔楠又去看咖啡，端起來，仔細端詳，還嗅了嗅，「不會投毒……吧？」

鄭書意配合她演下去：「宮鬥劇都不這麼演了，現代法制社會，應該不會吧？」

兩人面面相覷，百思不得其解。

正巧這時，秦時月姍姍來遲。

她向來不掩飾自己的睏意，走路都像要睡著了一般。

經過鄭書意身邊時，秦時月聞到一股咖啡香，便停下問：「還有咖啡嗎？」

鄭書意和孔楠抬頭朝她看。

鄭書意搖頭：「沒有，就這一杯。」

眼睜睜看著秦時月打了個哈欠，孔楠突然把咖啡遞給她，「妳喝吧，試毒。」

鄭書意：？

秦時月也沒多想，直接端走了。

坐到位子上，她抿了一口，立刻皺了皺眉。

孔楠和鄭書意皆是一驚。

而秦時月端著杯子，仔細看了看，說道：「沒想到這即溶咖啡還滿好喝的。」

鄭書意：「……」

孔楠：「……」

這一上午，鄭書意都沉浸在許雨靈帶給她的迷思中。

下午組內開會的時候，正好許雨靈坐在她對面。

她靜靜地坐在那裡整理幾份影印紙，看起來並無異樣。

「好了，我們開會了啊。」唐亦走進來，剛坐下，覺得燈光有些暗，便對離開關最近的鄭書意說道：「書意，開一下燈。」

鄭書意正要說好，沒想到對面的許雨靈比她更快站起來，「我來吧。」

她放下手裡的東西，繞了會議桌一大圈，走到鄭書意身後，打開了燈。

這一下，不僅會議室裡其他人，連唐亦都多看了許雨靈幾眼。

而她眼觀鼻鼻觀心，彷彿感覺不到大家異樣的目光一般。

會議進行到後半部分，唐亦開始安排接下來的工作。

「下週要放元旦了，年前事情也不多了，最重要的就是銘豫雲創的ＩＰＯ專案需要跟進報導。」

她掃視辦公室一圈，稍有猶豫。

銘豫雲創是銘豫銀行旗下的全資金融科技子公司，業內最權威的評估公司對它的評級已經給到ＡＡ，並且因為對其看好，甚至上調了其母公司的信用評級。

它首次公開募股，業內自然翹首以盼，關注度居高不下。

誰會不願意跟蹤報導關注度高的事件呢？

因此，除了鄭書意蠢蠢欲動，組裡其他人也都向唐亦透出了希冀的目光。

而唐亦看了一圈，心裡做了一下衡量，最後看向許雨靈

不管許雨靈之前做了什麼事情，她也曾經是雜誌社的中堅力量，唐亦不想將她邊緣化。

「許雨靈，妳去吧。」

此話一出，其他人也都能猜到唐亦的考量，便沒有人出聲。

許雨靈張了張嘴，不動聲色地看了鄭書意一眼。

——銘豫雲創，法人代表也是時宴。

片刻後，許雨靈垂眸，平靜地說：「我對銘豫不太熟悉，還是鄭書意去吧。」

鄭書意：？

她倏地抬頭，不解地看著許雨靈

就連唐亦也以為自己聽錯了，「妳說什麼？」

許雨靈再次說道：「這個案子可能更適合鄭書意。」

離開會議室，孔楠的瞳孔還處於地震狀態，拉著鄭書意往茶水間走。

「許雨靈被附身了嗎？」她一步三回頭，試圖從許雨靈的表情上看出什麼端倪，「銘豫雲創的案子耶，她居然不要？瘋了嗎？」

「誰知道呢。」鄭書意也是滿腦子問號，但任務既然已經安排下來了，她也沒空去理解許雨靈的想法。

這次的跟蹤報導，主要對象是銘豫雲創的財務總監邱福，鄭書意回到座位便寄了郵件給那邊，對接好之後，鄭書意拿著手機，想了想，傳了訊息給時宴。

鄭書意：『後天我要去你們銘豫雲創工作耶，你會在嗎？』

好一陣子，時宴才回了兩個字：『不在。』行吧。

鄭書意想也是，他不可能時時都在子公司。

當天下午，鄭書意前往銘豫雲創。

和前臺說明來意後，她便去待客區等著。

而前臺那邊，內線打到了財務總監辦公室。

『樂樂姐，這邊《財經週刊》的記者預約了今天下午見邱總，人已經到了。』

「《財經週刊》？」

這四個字戳到秦樂之某個敏感的點。

她夾著電話，往窗外看了一眼，「哪位記者？」

前臺翻了翻來訪記錄表，說道：『好像叫……鄭書意？』

「嗯，知道了。」

掛了電話，秦樂之看向一邊亮著燈的會議室大門，往便利貼上記了一筆。

鄭書意在接待區坐了一陣子，還沒人來通知她。

這裡的咖啡倒是喝了不少。

等到快五點了，她忍不住又去找人問情況，前臺那邊無法，只能再打電話過去問了一次。

「是這樣，今天邱總這邊比較忙，會議比較多，可能暫時還沒有空。」

鄭書意只好回到接待區。

第五杯咖啡下肚後，鄭書意看著窗外漸落的斜陽，舉起紙杯，對著陽光拍了一張照。

然後傳給時宴。

鄭書意：『你們這裡的咖啡還挺好喝。』

鄭書意：『只是接著喝五杯，我要吐了。』

時宴：『？』

鄭書意：『你們銘豫的風格，都是喜歡叫人等嗎？』

鄭書意：『當然我可不是諷刺你啊，我只是太無聊了 TVT。』

時宴沒有再回她訊息。

鄭書意放下杯子，站起來走兩步活動活動，回頭看前臺那邊，依然沒有動靜。

「要不然您再幫我確認一下，如果今天實在沒有時間，我明天再來也可以。」她走過去說道。

前臺小姐姐依言，電話再次打進財務總監辦公室。

幾秒後，前臺看了鄭書意一眼，有些難以開口，「那個……邱總有點事，半個小時前已經離開了。」

鄭書意：「……」

她嘆了口氣，正準備轉身時，一個女人從電梯裡走出來，四處張望一番，問道：「請問哪位是鄭書意小姐？」

鄭書意立即停下腳步，揮了揮手，「我就是。」

女人朝她走來：「不好意思，讓您久等了，請您隨我上樓，邱總馬上就到。」

欸？

鄭書意問：「邱總不是已經走了嗎？」

女人點點頭，沒否認，意味深長地看了鄭書意一眼，有些緊張地抿了抿唇，「嗯，但邱總馬上趕回來了，最多十五分鐘。」

第十二章　捨不得

八樓財務處。

鄭書意在那位女助理的帶領下朝財務總監辦公室走去。

一路上，辦公區鍵盤聲、電話聲起此彼伏，「金融」加「科技」就是忙碌的代名詞，即便是高層辦公區也不例外。

辦公室外的助理與祕書皆在埋頭打字或接電話。

鄭書意經過一側的座位時，餘光一瞥，腳步突然頓了一下。

坐在那邊的秦樂之也有感應一般，從電腦前抬頭。

她的臉頰與肩部之間還夾著電話，另一隻手敲著鍵盤，看起來很忙碌的樣子，卻偏偏愣住了。

兩人眼裡都寫滿了疑問。

鄭書意沒想到會在這裡遇見秦樂之。

再一看她坐的位子，大概想到是什麼職位了。

那就更不可思議了。

她可是時宴的外甥女，居然沒有全心全意為拉高國家GDP做貢獻，反而跟其他人一樣穿著職業裝坐在位子上像一隻忙碌的小工蟻。

可是轉念一想，連秦時月那種隨手能買下一家店的人，都規規矩矩地朝九晚五去雜誌社上班，拿一個月幾千塊的薪水。

可能最近有錢人就是流行下基層吧。

而秦樂之卻沒有想那麼多。

她滿腦子只有一個想法，鄭書意怎麼還是上來了。

兩人的目光在空氣裡交鋒，彼此都沒帶著善意。

片刻後，鄭書意收回目光，朝辦公室走去。

秦樂之皺了皺眉頭，回了電話那頭幾句話後掛斷，再次張望鄭書意的背影。

「叩叩」兩聲，有人敲了敲她的桌子。

秦樂之轉頭，這才注意到邱福的女助理還沒離開。

「等一下下班先別走。」女助理語氣冷冷地丟下這句話，才去追趕鄭書意的腳步。

邱福果然在十五分鐘內趕到。

此時鄭書意剛剛端上第六杯咖啡，緊緊捧在手裡，蹙著眉頭，凝視著杯口，彷彿在看什麼奇怪的生物。

「鄭小姐？」邱福推門進來，放下手裡的東西，朝她走來伸出手，「不好意思讓妳久等了。」

鄭書意立刻放下咖啡起身與他握手，客套一番後，邱福長舒一口氣坐了下來，「是我的祕書疏忽大意了，實在不好意思。」

「沒關係。」鄭書意露出大度的笑容，實則咬緊了牙。

本來她沒想往秦樂之那邊想，結果邱福這麼一說，那只能是她故意瞞報，邱福才會丟下她直接離開。

「倒是麻煩您又回來一趟，我們下次再約時間也可以的。」

「不行。」邱福搖頭，「約好了今天就是今天，怎麼也不能讓妳白來一趟。」

聽見這話，鄭書意笑了笑，腦子裡卻莫名想起時宴這個人。

她感覺，邱福突然回來，多半是她那句吐槽起了作用。

這次採訪調查進行得很順利，針對本次首次公開募股，邱福也願意透露關鍵資訊，以媒體的力量引起更多外界關注，所以這一聊就是三個小時。

等鄭書意收起錄音筆時，窗外的天色已經黑透。

邱福起身，接通內線，把剛才那個女助理叫了進來，「妳派車送一下鄭小姐。」

鄭書意起身跟他道別，「我們雜誌社會持續跟進貴司的ＩＰＯ案，以後可能要多多麻煩邱總了。」

邱福喝了口水，慢吞吞地坐了下來，「沒事，我們都是互利互惠，不過下次妳過來直接上樓就行了，我會交代下去的。」

鄭書意點點頭。

目送她出去後，邱福再一次撥通內線：「妳進來一下。」

沒多久，秦樂之推開辦公室的門，小心翼翼地開口：「邱總，您叫我？」

邱福重重地放下水杯，「今天《財經週刊》那邊來的記者是怎麼回事？怎麼不跟我說？」

秦樂之作為邱福的行政祕書，這類雜事向來由她接手。

而她做事仔細，甚少出現這樣的失誤。

今天害得邱福剛剛接到放學的兒子，正準備一家人去吃頓飯，就接到時宴的電話，他立刻火急火燎地趕回來，不得不把老婆兒子晾在一邊。

這換誰誰不火大。

秦樂之皺眉，低下了頭：「您今天比較忙，評估公司那邊還來了緊急視訊會議，我想著《財經週刊》這邊不是很緊急，所以暫時先擱置了。」

她悄悄看了邱福的臉色一眼，見他滿臉不高興，於是態度更謹小慎微，「這邊難道也很緊急嗎？」

邱福不知道該怎麼跟她說現在的情況，憋了一下，只能指著她的額頭發火：「妳搞清楚自己的職位，什麼時候輪到妳來替我安排工作了？妳是什麼東西？人家又是什麼人？由得妳把人家晾在那裡？」

邱福一直是個脾氣火爆的人，這一點公司裡的人都明白。

但秦樂之沒想到這件事會把他惹得這麼生氣，竟為了一個記者發這麼大的火。

不就是一個記者嗎？

又不是邱福第一次接受採訪，即便是電視臺來的人，他一忙起來，也是說推就推的，甚至有時候連電話都不會接。

可是這些疑問秦樂之沒辦法表現在臉上。

而且她從玻璃看見，辦公室的門沒關緊，幾個同事在那裡探頭探腦地，於是只能越發陳懇地道歉：「對不起，邱總，這次是我的工作失誤。」

「好了，滾出去！」

秦樂之臉色一陣青白，轉身走出辦公室，在眾人的目光中，死死咬著牙，還裝著什麼都沒發生的樣子。

這邊，鄭書意跟著女助理往電梯間走去。

等電梯的時候，女助理在接電話，鄭書意無所事事，盯著LED螢幕上跳躍的數字一動也不動。

她們要下樓，而此刻電梯正從十二樓緩緩降下來。

幾秒後，「叮」一聲，電梯停住。

門緩緩打開後，女助理朝她伸手，「這邊請。」

鄭書意剛抬腳，和電梯裡的人打了個照面，頓時愣了愣，「陳助理？」

陳盛抬頭看見鄭書意，朝她點點頭，「妳來這邊工作？」

鄭書意說是，隨後，打量他一圈，試探性地問：「你在這裡，那時總也在？」

陳盛沒否認，「怎麼了？」

鄭書意輕笑一聲。

明明人就在這裡，還騙她不在。

「沒什麼。」鄭書意始終沒進電梯，就站在門口，「他現在忙嗎？」

陳盛想了想，慢吞吞地說：「應該不算忙吧。」

鄭書意：「那他在幾樓？我可以去找他嗎？」

話音一落，女助理有些詫異地看了鄭書意一眼，又去看陳盛。

陳盛垂眸想了一下，邁腿出來，走向隔壁電梯，「跟我過來吧。」

整個十二樓只有三處辦公區，比十樓寬敞許多，也安靜得多。

鄭書意一路上見到許多腳步匆匆的人，卻沒聽見什麼說話的聲音。

正對通道的那道大門緊緊關著，陳盛帶她走到門口，看了手錶一眼，說道：「我還有點事。」

鄭書意點點頭，他便掉頭離開。

鄭書意站在門口，抬頭看了一眼，頂頭的LED螢幕上現實「忙碌中」。

想了想，她還是先按了門鈴。

沒多久，門自動打開。

鄭書意先是探了上半身進去，往左一看，時宴正坐在辦公桌後。

他抬頭看過來，食指抬了抬眼鏡，鄭書意立刻笑著走過去，「時總，今天不是不在這邊嗎？」

時宴緩緩合上電腦，輕描淡寫道：「我來我自己公司，還要經過妳同意？」

鄭書意：「……」

她負著手，左右看了一下，眼神閃爍，似乎在猶豫什麼。

時宴也沒說話，就靜靜地看著她。

鄭書意又慢吞吞地朝他的辦公桌靠近，壓低了聲音，小聲道：「我是特地過來感謝你的。」

「嗯？」時宴抬了抬眉梢，「感謝我什麼？」

「邱總那件事啊，」鄭書意說，「不然我今天又要白跑了。」

說完，鄭書意緊緊盯著時宴。

以她對時宴的瞭解，她覺得這男人肯定又要否認自己做過的事。

然而沒想到，時宴只是輕輕轉動手裡的鋼筆，語氣格外平靜，「不然妳到時候陰陽怪氣諷刺我？」

鄭書意嘟著嘴，沒說話。

本來也是實話嘛。

辦公室裡安靜了一陣子。

鄭書意的腳步一點點往他那邊挪，「那個，這麼晚了，你這麼辛苦，吃飯了嗎？餓了嗎？」

說完，她望著時宴，嘴角帶著淡淡的笑意。

時宴看了她一眼，沒說話，鋼筆不輕不重地擱到桌上。

鄭書意的手指背在腰後，不安地絞了兩下，就見時宴起身。

她張了張口，想說什麼，最終什麼都沒說出口，只是嘆了口氣。

而時宴走到沙發旁，從衣掛上拿下外套，伸展手臂穿衣的時候稍側頭看了過來。

「妳想吃什麼？」

銘豫雲創辦公大樓坐落於江城互科技產業區，已落成二十餘年，四周早已開發成繁華的商業區。

平時沒事的時候，鄭書意就喜歡來這附近逛街，所以對這裡的環境很熟悉。

「就在對面，看見了嗎？」鄭書意站在路邊，指著對面火鍋店的霓虹招牌，「這家店特別出名，不知道這麼晚了需不需要排隊，要是排隊就算了吧。」

紅燈一閃成黃燈，鄭書意立刻就要過馬路。

剛跨出兩步，手突然被人抓住，用力往後面一帶。

鄭書意腳下不穩，趔趄一下，被拉回了原地，回過神時，才發現自己正靠在時宴胸前。

鄭書意頭髮揚起，拂在臉頰上，她抬頭，撞進時宴的目光中。

身側一輛車呼嘯而過，鳴笛聲四起，街道燈光輝煌，人聲鼎沸。

晚風好像在某個時刻停滯了。

手還被緊緊握著，鄭書意感知到時宴掌心的溫度，頓時覺得喉嚨有些癢。

片刻，綠燈亮起。

燈光的變換晃了晃鏡片。

時宴移開目光，看向那輛搶著綠燈亮前飛奔的車，面色陰沉。

而他再轉回視線時，看見鄭書意輕顫的睫毛，似乎又在打什麼鬼主意了，「連路都不看，餓鬼投胎？」

鄭書意：「……」

她剛剛在想，要不要順勢倒進他懷裡算了。

現在看來還是算了吧。

時宴拉著她過馬路，腳步邁得很快。

鄭書意穿著高跟鞋，幾乎是踉踉蹌蹌地被他帶著穿過人行道。

「你走那麼快幹嘛？我看你才是惡鬼投胎。」

時宴似乎根本沒聽她說話，走到路邊，才鬆開她的手。

鄭書意低著頭，揉了揉手指。

他的力氣真大，拽得她生疼。

或許是今天運氣好，火鍋店裡人並不多，還有好幾桌空位。

但這並不影響時宴和這裡的氣氛格格不入。

他坐在鄭書意對面，服務生上來幫他們倒水。

鄭書意埋頭點菜，沒注意到對面的時宴端起杯子，看了一眼，又有些嫌棄地放下。

「你吃毛肚嗎？」

「不吃。」

「吃鵝腸嗎？」

「不吃。」

「吃黃喉嗎？」

「不吃。」

「……」

鄭書意從菜單上抬頭，「那你吃什麼？」

時宴接過服務生遞過來的熱毛巾，擦了擦手，「妳點就行。」

鄭書意輕哼了一聲，低頭嘀咕，「你這種人就是那種總是說隨便，卻什麼都不隨便的人。」

沒想到這麼小聲的嘀咕，還是被時宴聽了個三三兩兩，「妳又在說什麼？」

「沒什麼。」鄭書意放下 iPad，咧嘴笑，「我說你特別好。」

沒多久，服務生將菜上齊，鍋裡的紅湯也沸騰了起來。

鄭書意拿著筷子，沾了點醬料，想嚐一口時，看見時宴的碗裡是空的，便說道：「我幫你弄醬料？」

說完，她也不等時宴回答就拿過他的碗，開始在一旁鼓搗。

鍋裡的熱氣氤氳了鏡片。

時宴摘下眼鏡，拿紙巾擦拭的時候，不經意抬眼，鄭書意朦朧的側臉映入他的視線裡。

路口那一幕忽而閃回腦海裡。

就如同此刻一般，鄭書意抬頭看過來，時宴便先移開了目光。

鄭書意：「你吃香菜嗎？」

時宴：「不吃。」

鄭書意：「……」

鄭書意又埋下頭，「你可真是個隨便的人呢。」

其實她不知道，時宴不是不吃內臟、不吃香菜。

他是單純的，不吃火鍋而已。

忽然，時宴放在桌上的手機響了。

鄭書意也不在意，低頭自顧自地弄醬料。

而時宴看見，看見來電顯示，莫名有一股不太好的預感。

果然，接起電話，秦時月的聲音很慌張，『舅舅！舅舅！你在哪裡啊？』

時宴：「怎麼？」

秦時月聽到電話那頭嘈雜的環境，但也無心追問，說話的聲音都在發抖：『我剛剛自己開車出去玩，停車的時候不知怎麼的，好像撞到一個老人家了。』

時宴皺了皺眉，「怎麼回事？」

『我也不知道啊！』秦時月快哭了，『明明後照鏡裡什麼都沒有，可是我一下車，就看見老人家倒在我車旁，捂著腿嗷嗷叫。』

『然後我去扶他，他就直接躺著不動了，叫都叫不醒！』

時宴：「……」

『舅舅，你快過來啊，我爸媽都不在，我不知道怎麼辦了！』

時宴：「知道了，妳別哭。」

等時宴掛了電話，鄭書意正好弄完了醬料。

她看見時宴的表情，再想到剛才那通電話，便明白了。

「你有事？」鄭書意說，「你是要走嗎？」

時宴點了點頭，說道：「我先去買單。」

鄭書意的神情漸漸凝滯，輕嘆了口氣：「大晚上的，是有著急的事嗎？」

時宴停頓片刻，「我外甥女找我。」

鄭書意：「……」

那股淡淡的憂愁瞬間灰飛煙滅。

鄭書意的腦漿都沸騰了。

又是這朵白蓮花！

「嗯，你去吧，」鄭書意點了點頭，「我沒關係的，我可以的。」

時宴嘴角一抿，低頭看過來，鄭書意垂著腦袋，像一朵被風吹雨淋的小白蓮。

「你知道世界獨孤等級嗎？」

「一個人吃火鍋，是第五級。」

「不過沒關係的，比起以前在華納莊園空等了你一晚上，這又算什麼呢。」

「你去吧，沒關係的，不就是夜裡一個人空著肚子回家嗎，我可以的。」

「下次記得來精神病院看我。」

「如果你捨得的話。」

「……」

四周安靜了一下。

片刻後，時宴的手機重新放回桌上，「妳繼續。」

鄭書意抬起頭看他。

他端正地坐在她面前。

「你不走了嗎？」

「不走了。」時宴嘴角慢慢噙著笑，直勾勾地看著她，「捨不得。」

——《錯撩》未完待續——